私たち、「夫婦別姓」を選択しました

城 貴子
SHIRO Takako

文芸社

CONTENTS

プロローグ

「男女七歳にして席を同じうせず」と儒教の礼記にあるけれど、二人は七歳から席を同じにしてきた。小学校六年間、中学校三年間、高校三年間、同じ学校に通い、しかもそのうち八年間は同じクラスで学んだ。だが記憶している限り、同じ机に並んで座った覚えはない。

彼の名はKａｚｕちゃん。落ち着きがなく人の話を聞かない子どもだったため、いつも先生のまん前に座らされていた。

彼女の名はTａｋａちゃん。手のかからないお利口さんだったので、後ろのほうに座ることが多かった。

Kａｚｕちゃんは面白がられる子だった。

一九五七年、小学校入学。その頃の子どもといえば、みんな戦後の混乱を身につけていたが、彼にはそれがなかった。散髪屋さんの手で額に合わせてきれいに切り揃えられた

「坊ちゃん刈り」と、ツギの当たっていない服、夏以外はいつもソックスを履いている、やせっぽちの子どもだった。両親が四十歳近くになってやっと恵まれた可愛い一人っ子だった。

ときどきランドセルを忘れて登校してきたり、学校に置いたままで下校したりした。好き嫌いが多く、得意不得意もはっきりしていて、わがままだったとも言える。今の世ならイジられやすいタイプだったかもしれないが、当時は誰もどさくさに紛れて生きていたような時代だったから、Ｋａｚｕちゃんも気の合う友達と悪さを楽しみながら過ごしていた。

Ｔａｋａちゃんはまるで面白味のない子だった。

父方は四国の神社の出、母方は中国地方のお寺の出。どちらもプライドが高く、周囲から浮いていても意に介さない。周りのみんなが「父ちゃん」「母ちゃん」と親を呼ぶ中で、彼女は「お父様」「お母様」と呼ぶことを強いられた。一度友達の前で「お母さん」と呼びかけたら、その夜両親からこっぴどく怒られた。「うちにはうちのやり方がある」と。

母親はその当時には珍しい「教育ママ」だった。夏休みになると俄然張り切って、教科書を見ながら藁半紙でお手製の問題集を作り、子どもに課題として与えた。間違えると同じ問題を作って、できるようになるまで何度も繰り返し解かせた。

自由研究は、自ら麦わら帽子をかぶって植物採集に出かけた。採集してきた植物をきれいに水洗いした後、一つ一つ新聞紙に挟み込み、家じゅうの畳の下に並べて押し花にした。押し花ができあがると画用紙に貼り、図書館に通って名前を調べ上げた。ここからやっと子どもの出番になる。

Ｔａｋａちゃんは言われるがまま、母親手作りのラベルに採集日、採集場所、名前、属性など詳細を記入し、植物採集標本として学校に提出した。そして、市内の理科展という自由研究のコンペで学校代表となり一目を置かれた。年ごとに植物が海藻になったり貝殻になったりと対象は変わったが、彼女の学校代表という立場は小学校を卒業するまで変わらなかった。受け取った賞状は狭い借家の鴨居に並べられ、家を訪れた客人のお世辞にも両親はまんざらでもない様子だった。そして母親の思惑通りか、Ｔａｋａちゃんは真面目に勉強を励むようになった。

二人が子ども時代を過ごしたのは、映画「ＡＬＷＡＹＳ 三丁目の夕日」に描かれていたような、町内というコミュニティーの中で人々があけっぴろげの、時には厚かましいつきあいを、迷惑とも思わず当たり前のことのように受け入れていた頃だった。

ご近所でテレビを買った家があれば、大人も子どもも押しかけて「月光仮面」や「プロレス」を見て興奮した。銭湯で子どもが頭を洗っていると、「ほら、ここにまだ泡が残っているよ」とどこかのおばちゃんが湯をかけてくれたし、新年のご挨拶は「初湯」の中だった。

二人は隣り合わせの町内に住んでいて、歩いて十分もかからない。

通知表に決まって「落ち着きがない、忘れ物が多い」と書かれてしまうことを気にしていたＫａｚｕちゃんの母親は、しっかり者のＴａｋａちゃんが遊びにくることを喜んでいたらしく、おやつもちょっと奮発していた。

Ｋａｚｕちゃんは三月生まれ、Ｔａｋａちゃんは七月生まれ。八か月の違いも影響したのだろうが、二人が遊んでいる様子は友達というよりは姉弟のようだった。

中学生になってＫａｚｕちゃんは突然別人になった。

ビートルズショック！

彼の部屋では、竹や梅の柄が描かれた襖の上にビートルズの写真や映画のポスターがベタベタと貼り重ねられ、机の上には「スクリーン」という洋画の本が積まれていた。

ジェームズ・ボンドとビートルズが革命を起こしてしまったのだ。

小学校六年間一回も欠かさずに「忘れ物が多い」と通知表に書かれ続けていたKazuちゃんが、毎週ラジオで放送される「九千五百万人のポピュラーリクエスト」を忘れず聴き、番組で発表されるベスト20をノートに記録するようになった。さらに特筆すべきは、聴き逃す恐れのあるときには、Takaちゃんに頭を下げて、その週のチャートをメモしてほしいと頼むことを決して忘れなかったことだ。

大正生まれの両親は一人息子が不良になったと嘆いた。

Takaちゃんはと言えば、押し寄せてくる新しい文化の波に興味はあったものの、「真面目」ブランドを「不良」ブランドに塗り替える勇気はなく、ただ遠巻きにして見ているだけだった。内心では、目を輝かせて映画やポップスをしゃべり続ける「不良たち」にまぶしさと羨ましさを感じていた。

二人は同じ高校に進学した。

ほとんどの生徒が大学に進学する「歴史と伝統」を誇った地元の進学校だった。

入学式の後、教室に向かう廊下は、歩くとギシギシ大きな音を立てた。

二年生になれば鉄筋の新校舎に入れるのだが、一年生は戦前からある古い木造校舎で学ぶ。今から思えば、使い込まれた趣のあるなかなかいい感じの校舎だったのだが、初めて教室に入った新入生は古さと薄暗さにげんなりした。まるでこれから始まる辛く苦しい受験生活を暗示しているかのような無言の圧力を感じていた。

高校生になってもやっぱり落ち着きがなく人の話を聞かないＫａｚｕちゃんと、真面目で責任感の強いＴａｋａちゃんだったが、Ｋａｚｕちゃんの好奇心に引かれてＴａｋａちゃんもときどき不良になった。

高校一年の夏休み講習が終わった日のことだった。

掃除当番を終えて残った何人かが、残された夏休みに何をしようかと好き好きに話している場で、Ｋａｚｕちゃんが「この教室パッとイメージチェンジしないか？」と持ちかけた。Ｔａｋａちゃんも含めて数人がその話に乗った。小遣いを出し合ってペンキと刷毛を買い、翌日から教室に集まって壁をペパーミントグリーンに塗り替えた。

もちろん学校には無届けだった。

新学期が始まり、ペンキを塗った数人とその保護者は学校に呼び出され、教頭と学年主任から大目玉を食らった。

地理を教える若い先生は、教室に入ると一瞬足を止め、「幼稚園みたいだな」と呟いた。Ｔａｋａちゃんはこの言葉を聞いて初めて、これから入学してくる新入生の六分の一に対して申し訳ないことをしたと深く反省した。


高校三年の夏、もうひとつ忘れられない「不良物語」がある。

一九六九年七月二十一日。

この日は、受験校を決定する上で判定材料となる期末試験の日だった。

そして、アポロ11号が月面着陸に挑む日だった。

休憩時間は誰も参考書やノートを広げて試験準備に没頭していた中で、Ｋａｚｕちゃんは例によって落ち着きがなかった。やがて彼は「俺、やっぱりこんなとこにおれんわ。用務員室に行ってテレビ見てくる」と言い残すと教室を出ていった。その意味を理解した数人が「俺も……」と後に続いたが、Ｔａｋａちゃんは聞こえなかったふりをして参考書から目を離さなかった。でも、字面を追うことができない。しばらく座っていたが、意を決して教室を抜けだすと用務員室に向かった。そして、月から送られてきた映像を流す、映りの悪いテレビ画面の前で息を呑んでいる群れの中に入った。

しばらくして通りかかった倫理社会担当のベテラン教師が「君たち、ここでこんなことしていていいのかい？」と声をかけてきたが間をおいて「まあ、試験は何度でも受けられるけど、こんな瞬間は今しかないものなあ」と独り言のように呟いて部屋を出た。

Ｔａｋａちゃんの胸に「こんな瞬間」という言葉が何度も響いた。

昭和二十六年に生まれて十八年、この間に目にしてきた光景はなんと様変わりしてきたことだろう。子どもの頃目にした景色の中には、白い着物の病院服を着て、義手や義足あるいは松葉杖に寄りかかり、市場や公園で物乞いをする男の姿があった。母親から「傷痍軍人さんだよ」と教えられ、手渡された十円玉を飯盒の蓋に入れたこともある。戦争が終わって十数年経っても復興は遅々として進んでいなかった。

ところが東京オリンピックが開催された一九六四年頃から様相は一変した。

ひとつずつ電化製品が家庭に揃うようになり、テレビは瞬く間に普及した。世界の文化が流れ込み、目覚めると景色が一変しているような感覚で、多少変化慣れしてきたようなところもあった。

それでも、人類の月面着陸に立ち会う瞬間は「別格」だった。

こんな変化の真っ只中にいる面白さと、激流はどこまで流れていくのだろうという漠とした不安と、ＫａｚｕちゃんもＴａｋａちゃんも静かな興奮の中にいる夏の昼下がりだった。

大学に入学して、やっと二人の腐れ縁は切れた。

Ｋａｚｕちゃんは大好きな映画をネタにできる大学に進み、ユニークな友達に恵まれて青春を謳歌。五年かけて大学を卒業した後、父親の起こした小さな会社に就職した。

Ｔａｋａちゃんは真面目に単位を集め、学校の先生になった。

大学時代も、帰省した折にはどちらかが喫茶店に呼び出して、一方はロックや映画の話をしゃべり続け、一方は教育実習に行って授業がさんざんな出来だったとこぼし、話はまったく噛み合わなくても、持て余した時間を潰すには格好の相手だった。

社会人となって数年後、二人はそれぞれ人生の伴侶に出会い結婚。

ＴａｋａちゃんはＫａｚｕちゃんの結婚式に招かれ、友達の紅一点として参列した。

ＫａｚｕちゃんはＴａｋａちゃんの結婚式には招待されなかった。

それぞれ子どももできて順風満帆の人生航路を進んでいくはずだった。

が、離婚。

当たり前のことだが、初めての結婚をするとき、二人とも自分が離婚をするなんて爪の先ほども考えたことはなかった。

それなのにまさかの離婚。

しかし、二人ともそれで人生を諦めるようなタイプの人間ではない。こうなりゃ前を向いて進んでいくしかない。ただ、どの方向が「前」なのかよくわからなかったが……。

あるとき、Ｋａｚｕちゃんがポツリと言った。

「俺たちでやり直すことっておかしいかねえ」

Ｔａｋａちゃんだって人生の軌道修正を放棄したつもりはない。けれども七歳のときからうろちょろしていた相手と夫婦になるなんて、これでは夢も希望もあったもんじゃない。

想定外だ！　と思った。ましてやお互い子どももいる。

しかし……結婚に夢を託して破れた二人にとっては、何もかも知り尽くしている相手は確かに気楽だった。

夢はいらない。
現実を選ぼう。
お互い、そんな打算も働いた。

Ｔａｋａちゃんの母親は、子持ちと再婚なんて孫がかわいそうだと猛烈に反対した。Ｔａｋａちゃんも子持ちなのに……。

Ｋａｚｕちゃんの父親は、最初から一緒になっとけばよかったのにと笑っていたが、内心では嫁に来てくれるなら誰でもよかった。

Ｋａｚｕちゃんの三人の娘は、実の母親のことを考えると、父親の再婚には複雑な思いを持っていた。

Ｔａｋａちゃんの息子は、実の父親との思い出が少なかったから、母親が再婚といってもあまりピンときていなかった。

二人は中学生のときビートルズの洗礼を受けた。

ビートルズがさっぱりわからなかったＴａｋａちゃんと、ビートルズがわからない人がわからないKazuちゃんと、立ち位置はまるで違ってはいたものの、そのとき二人が体得した行動原理は『思いついたらやってみる』。

時代は目まぐるしく変化する。何もしなければ流されるだけ。

やって反省するほうが、やらなくて後悔するより性に合う。

七歳から席を同じくし、人生の真ん中で共に痛い思いをしているのも何かのご縁。

損得不安を並べてみても、答えなんてあるわけがない。

人生は一回きりの片道切符。

周囲の不安や懸念もよくわかるけど、おとぎ話の王子様とお姫様になれなかったのなら、次は『マジカルミステリーツアー』も悪くない。

二人は同じ船に乗ることを決めた。

婚姻届

二人の船出は「婚姻届」を前にして早くも座礁してしまった。

どちらの姓を選ぶか?

Kazuちゃんは、まさかTakaちゃんが異議を挟むとは予想していなかった。

結婚とは、男の籍に女が入るのが普通だと理解していた。さらにKazuちゃんは一人息子であり、零細だが会社の経営者でもある。Takaちゃんの家に養子に入るわけでもない。だからTakaちゃんが名字を変えたくないと言い出したとき、「はあ?」と狐につままれたような表情になった。

Takaちゃんもじつのところ、自分の気持ちを伝えることに後ろめたさがあった。まさかKazuちゃんに姓を変えてくれと言うわけにもいかず、かといって、自分の姓を変えてしまうことで生まれるいくつかの懸念を呑み込むこともできず、漠然とした不安感と向き合っていた。

話は長くなるが、ここはTakaちゃんが辿ってきた道のりを振り返ってみる必要がある。

たぶん大部分の女がそうだったように、Takaちゃんも結婚して改姓するときを、ずっと憧れを持って待ち続けていた。

彼女が青春期を過ごした一九七〇年頃、〈適齢期〉という表現が大手を振って世間を闊歩していた。そして多くの女性はクリスマスケーキに例えた24、25、26の呪文をかけられた。彼女もその一人だった。

24歳（クリスマスイブ）　この日に売られるケーキは新鮮で美味しくて定価販売。

25歳（クリスマス）　鮮度は多少落ちるが一応定価販売可能。

26歳（クリスマス終わり）　売れ残ったケーキだが、値引き販売可能。

27歳以降（シーズン終了）　商品価値はなくなる。

24歳から26歳までの〈適齢期〉を過ぎて結婚していない女は、売れ残りとかオールドミスという陰口に怯えるか、踏ん張って開き直るか、そんな社会背景がある。自分は結婚という関門を突破したという証が「改姓」であり、年賀状に記す「旧姓某」表記だった。同窓生と交換する年賀状が、結婚勝利宣言の役割を果たしていた。

Ｔａｋａちゃんはシーズンを終了したクリスマスケーキだったから、三十二歳で結婚し名字を変えられたことにどれほど安堵したことか。

大学卒業後十年間、彼女は小学校の先生をしていた。この職場は八割以上が女性で占められており、既婚未婚で不利益を被ることはなかった。職場環境としては男女対等で経済的にも安定していた。それでもクリスマスケーキの呪いは強烈で、結婚し相手の言葉に従って専業主婦になる道を何の躊躇《ためら》いもなく、いやむしろ嬉々としてその道を選んだのだ。

しかし、十年であえなく破綻。

Takaちゃん、子どもをつれて実家に戻ってきたものの、四十歳を過ぎた中年の女に就職の道は狭かった。教員免許はあるものの、当時採用試験の受験資格は四十歳まで。産休等の穴を埋める臨時採用の道もあるが、雇用が不安定。正採用を探してハローワークに通ってみたが、子どもを育てながら働くことのできる職種がこんなに少ないのかと思い知るだけだった。

四十歳を過ぎた女性の正採用で定時勤務の募集があったのは、ビルの清掃、病院の付き添い、生命保険外交員の三つの職種だった。

Takaちゃんは生命保険を選んだ。


生命保険会社に勤めた二年半は、ノルマと格闘する世界だった。

彼女は、営業開発部という部署の出していた採用募集に応募したので、いくつかの職域を指定され、そこに毎日通っては、休憩時間を狙って一人一人に保険勧誘することを指示された。最初の三か月は、新人のノルマを果たすために班長が自身の仕込んでいた契約を上乗せしてくれた。この猶予期間に顔を売り、アピールし、タネを蒔き続けなければならない。与えられた職域が自分の保険会社だけなら、ノルマに悩むことはないだろうが、そんなに世間は優しくない。何社も競合していて、休憩時間には、それぞれの会社のパンフレットを抱えた営業マンやウーマンが、あちらこちらでトークを繰り広げている。彼女が指定された職域にも、すでに強固な縄張りができあがっていた。その中で結婚したとか子どもが生まれたとか、人生のステージに変化のあった人の情報をいかに早くゲットするかが勝敗を分けた。

誕生日にはプレゼントを用意し、季節行事に合わせてカードを配り、年末にはカレンダーを欠かさない。会社側も気の利いたデザインのグッズを用意していたが、それらはすべて有料だった。契約を取るために必要なことは、押しの強さと厚かましさだと悟ったのは一年を過ぎた頃だっただろうか。万が一に備えた補償を売ってまわるのだから、話に正確さを求めれば説得力を欠く。確率的には非常に低い死亡事案をあたかも明日明後日の話のように展開できなければ、私にはまだ関係ないとバイバイされる。だから「万が一」という状況を自分に置き換えてもらおうと、いろんな事例を引っ張り出す。人の不安感を刺激することに迷ってしまえば、この仕事は続かない。

Ｔａｋａちゃんもノルマを達成するために、どんな些細な情報でも収集に努め、どの人が契約に近いかと分析してＡＢＣランクをつけながら走り回る一方で、本当にこの仕事を続けられるのだろうかと逡巡しない日はなかった。

それでも二年半続いたのは、人との出会いがあったからだった。

Ｔａｋａちゃんと同じように高齢出産をした不動産経営者の妻や、同じ高校の卒業生だとわかった秘書課の女性との縁は、営業で助けられただけでなく、私的な付き合いのできる関係に変わっていった。蛇足ながらＫａｚｕちゃんにも営業目的で連絡をとった。

「先生の資格があるんだったら、臨時でもそっちで続けるほうが安定するんじゃないかねえ」

という不動産経営者の妻の勧めに従って、教育委員会に講師の登録をしたところ、三月中旬に欠員補充で一年間の講師依頼が入った。欠員補充とは、児童の移動でクラス編成が動いたときの対応だ。一クラスの定員が決まっているため、一人でも定員オーバーの状況になるとクラスが増えて編成替えになる。この場合先生不足になって、一年間の講師を充てる。臨時採用を狙う者にとっては、一年間の採用が保証されるので精神的に楽だった。産休や病休は短期間の採用で、休んでいる先生の経過に左右される。最初から一年間の臨時採用にあたったのはラッキーの一言に尽きる。もちろん、ずっと採用が続くという保証はないのだが、ノルマから解放されるというだけで気持ちは楽になった。

昔勤めていたときの同僚と同じ学校で出会うこともあったし、結婚のため退職を告げたとき、退職を思いとどまるようにアドバイスしてくれた管理職にも会う機会があった。

Ｔａｋａちゃんは気づいていた。晴れやかに結婚退職を宣言して去った現場に、離婚を引っ提げて戻るのが嫌だったのだということを。しかし保険の勧誘という厳しい世界に身を置いたおかげで、そんな虚勢を張っていてはとても子どもと二人生き抜いていくことはできないと開き直ることができた。「あなたは学校では優等生だったけど、社会的にはまるで劣等生だねえ」と、講師登録を勧めてくれた不動産経営者の妻からは何度もからかわれた。

保険会社での収入には大きなばらつきがあった。大口の契約が取れたらボーナス並みの給料が入る。しかし契約が取れない月が続くと数万円しか入らない。さらには、一度取れた契約も半年なり一年なり一定期間を経過せずに解約されるとペナルティが科され、いったん受け取った給料がごっそり没収されてしまう。「福祉事業をやってんじゃないから給料が欲しければ契約を取ってこい」という上司の言葉はその通りで、自分が同じ立場にあったらきっと同じことを言っていただろう。

だから、毎月同じ数字が印字される先生の給与明細を手にしたとき、「あー暮らしの計画を立てられるなあ」とＴａｋａちゃんはしみじみ嬉しかった。保険会社では販促品の購入やコピー機の使用料など天引きされる項目があって、大概は予想した給料を下回っていた。そのため、子どもの給食費など学校関連の引き落とし口座に穴があくという経験もした。

先生の仕事に復帰して後、Ｔａｋａちゃんは合わせて十年間、五つの学校に講師として勤めることができた。よほどの失態がない限り、望めば臨時採用は優先的に継続してくれるらしかったが、最初の頃はそんな事情はわからない。校長の中には、露骨に「採用不採用は私の一存にかかっている」と辞令を手渡しながら脅しをかける人もいて、そういう校長に当たったときはご機嫌を損ねないようにずいぶん気を使った。

勤務の継続にあたって、一週間以上の空白期間をおかなければベースアップの対象になる労働協約上の縛りから、毎回「登録抹消」と「新規登録」の手続き作業をするのだという話を聞いた。この空白期間は年度初めの四月に重なっており、クラス編成の確認や教材選定、また行事計画など一年を見通した準備あるいは新一年生の入学準備など、もっとも人手を必要とする時期にあたるが、まだ登録されていない講師は一連の作業には参加できない。講師と同じ学年を組むことになった正規の教員からは、自分の仕事が過重になるから講師と組みたくないという不満の声も聞かれた。

講師は、同じ学校に三年を限度として継続配置できるというルールもあった。

Takaちゃんも一つの学校で、四年生から六年生まで持ち上がったことがある。ただ、講師とは臨時に配置されているだけなので、異動にはならない。在籍は確認できるが、追跡ができない。三年間担任すればそれなりの人間関係も生まれる。そこで出会った誰かが後に、あの先生は今どこの学校にいるのかと問い合わせても、正規のルートでは掴むことができない。名前を手がかりに個別に当たって点と点をつなぐ作業が必要となる。在籍はしても存在はしないのが臨時採用だった。だから名前が変わってしまえば個別の追跡は不可能になる。

離婚という強制終了をしてしまったＴａｋａちゃんにとって、辛い体験の一つは人とのつながりが切れてしまうことだった。そのせいもあって、臨時採用という脆弱なつながりの中で、人とのつながりをより強く意識していたのかもしれない。たぶんそこに自分のアイデンティティーを求めていた。

自分が正規の教員であったときを思い返せば、講師の立場に居心地の悪さを感じることもあったが、それでも教壇に再び立ったとき、Ｔａｋａちゃんは先生の仕事が好きなんだなあとわかった。面白いなあ、楽しいなあとも思った。子どもの頃、母親が夏休みになるのを待ちかねたように、オリジナルの問題集を作って子どもに解かせ、採点して花丸をつけてくれた姿を思い浮かべると、母親自身が一番楽しんでいたのではないかと想像する。どうやら教えるのが好きなＤＮＡは母親から受け継いだらしい。

大学を出て過ごした教員生活も、確かに楽しい思い出がたくさんあった。それでも教職は結婚までのつなぎでよかった。「結婚し、家庭を守り、子どもを育てること」以上に女にとって価値のあるものはないと信じていたのだ。糊の効いたシーツと太陽の匂いがする布団を準備し、美味しいご飯を用意するのが女の幸せだと思っていた。そして、毎日ほぼ完璧に主婦業をこなしてきたという自負はある。

でも、結婚生活は維持できなかった。

この結果にはかなり打ちのめされたが、教訓にもなった。経済的な基盤を持たなければ、相手に依存し相手の顔色を窺う生き方になってしまう。そして、仕事は経済的基盤であり自己啓発と成長の手段なのだと。だから再婚したとしても、また再婚相手がどれほどの経済力を持っていたとしても仕事は続けようとTａｋａちゃんは考えていた。


再び「婚姻届」に話を戻す。

Kａｚｕちゃんと再婚することを決めたものの、いくつか気がかりな点があった。

一つは、それぞれの子どもとどうやって家族になっていくかということだった。

Kａｚｕちゃんは、離婚にあたって子どもの親権を持った。それは子どもの養育に関して、経済的な責任は自分が果たすべきという思いからだった。離婚後、子どもたちは母親の元から学校に通っていたが、休みになると父親のところにやってきて過ごすことも多く、学校の行事や参観日には、万象繰り合わせて参加していた。だからTａｋａちゃんにとっては、再婚に伴いKａｚｕちゃんの子どもと毎日サシで向かい合うという、とてつもなく難しい宿題を課されるわけではなかった。それでも、子どもたちにしてみれば、家族に闖入《ちんにゅう》してきた人をそう簡単に受け入れられるはずもないだろう。それはノホホンとしているように見えるＴａｋａちゃんの息子も同様だったと思う。

子どもたちには、それぞれすでに十年前後の生きてきた歴史があった。その歴史を引き継いでいくのだから、いろんな感情が融合していくためには、同じくらいの時間が必要だろうなとＴａｋａちゃんは感じていた。

再婚について不動産経営者の妻に相談したときにも同じような懸念をアドバイスされた。

「私は再婚に賛成だよ。Ｋａｚｕちゃんもいい人だし。あんたにはもったいない縁かもしれない。でも、私は仕事柄いろんな家族を見てきたから言えるけど、慌てて籍を入れるのはやめたほうがいい。籍を入れたら、あんたが名前を変えなければならなくなるけど、そのときはあんたの息子も名前が変わることになるやろ。そしたら周りの子から、何で名前が変わったんやって絶対に聞かれるからね。それまで子どもは子どもの世界で付き合っていたのに、突然名前が変わることで大人の都合が表に出てくる。そりゃ再婚だからめでたいじゃないかっていう人もいるかもしれないけど、その前に、『へえ、お前んとこの親、離婚してたんか』という話が必ずついてくる。あんたの息子はちょっとポヤンとしたとこがあるから、思ったほど気にしないかもしれん。でもちっちゃなトゲが刺さるかもしれん。二人、今さら子どもを作る気なんかないんだったら、できるだけ子どもの環境が変わらないようにしてやったほうがいいと私は思う」

まさにＴａｋａちゃんもずっと思っていたことだった。さらに彼女は続けた。

「相手のお嬢さんたちにとっても、あんたたちが名前を変えることは面白くないだろうね。お父さんの隣はもともとお母さんの席だった。今は空席になっているけど、空席であることがまだまだ彼女たちにとっては大切なことじゃないかと思うよ。ここにあんたが子どもと一緒にすっぽり収まったら、お父さんを取られてしまったって気分になるんじゃないかね。そして、お母さんがかわいそうという感情的なしこりが残るんじゃないかねえ」

なるほどなーとＴａｋａちゃんは納得した。十年の空白期間を埋めるには十年くらい必要だろうという思いがさらに強くなった。

もう一つの問題は、先生の仕事を続けていきたいという自分の意思だった。どこまで続けられるかわからないが、臨時採用であっても行けるところまでは行ってみたかった。だから仕事を続ける間は名前を変えたくなかった。

そんな折、法制審議会が出した「選択的夫婦別姓制度導入」の答申に基づいて、法務省が民法の改正案を用意したという報道が出た。

Takaちゃんの目から鱗がドドドッと何枚も落ちた。

そういえば何年も前、離婚した際に旧姓に戻すか戻さないかを当事者が選べるように法律が変わったことを思い出した。「結婚は生まれた家を捨てる」、「離婚は嫁いだ家から追い出される」という意味合いの強かった時代、離婚すれば名字を元に戻さなければならないと法律が定めていた。まるで〈見せしめ〉にもなりかねない法律があったこと自体おかしなことだが、家と家が結婚するわけではない現代に至っても〈お家第一〉の考え方はどっこい根強く生き残っている。

それぞれの子どもを連れて再婚しようとしている自分たちのようなケースでは、それぞれの家族の歴史を尊重する「別姓」を選ぶことで、より自然な結びつきを生み出していけるだろうと思えて、初めて気持ちが前向きになった。

TakaちゃんはKazuちゃんに、今は名前を変えたくない理由を延々と話した。Kazuちゃんも一つ一つ納得した。そして二人は、いずれ法律が変わるだろうしそれまでは「婚姻届」を保留しようという結論に達した。

納得して出した結論だったがKazuちゃんはつぶやいた。「俺たち、不倫しとるって見られるんだろうなあ」と。

未届の妻と寡婦控除

婚姻届を出さずに夫婦になったことで、予想しなかった悩ましい体験をした。

最初の体験は「住民票」だ。

賃貸マンションに転居し、転居届を出すために市役所を訪れたTakaちゃんは、世帯主の欄にKazuちゃんの名前を記入し、次に自分の名を書いたところで、続柄を何と書けばいいかわからなくなった。窓口に行き自分たちの状況を説明したうえで尋ねると、窓口の女性が「その場合は未届の妻になります」と答えてくれた。

Takaちゃんはなるほどと納得し「未届の妻」と記入。息子の欄には「未届の妻の長男」と書いて提出したところ、その女性はちょっと当惑したような表情で「お子さんを育てていらっしゃるのですね。もしもこの先いろんな手続きごとがあったとき、例えばお子さんが運転免許を取るとか移動届を出すとか、その場合にこれを出すことになりますよ。本当にいいですか？　それに住民票に未届の妻と書いてあっても、法律的には何の効力も持ちません。私は世帯分離をして、それぞれの住民票を出されるほうがいいのではないかと思うのですが」と、とても遠慮がちに尋ねてきた。

そんなことまで考えていなかった。

ただ、Ｔａｋａちゃんの思いを受け入れて別姓を了承してくれたＫａｚｕちゃんに、せめて「世帯主」の称号を謹呈したかっただけだった。

一方で社会の仕組みに反旗を掲げるような選択をしておいて、一方で世間のしきたりとか目とかを気にしている自分はなんて浅はかなんだろうと思うばかりだった。

それぞれが世帯主となる転居届を提出した。

次なる悩ましい体験は「年末調整」にある「寡婦控除」の手続きだった。

おそらく寡婦控除と聞いてもピンとこない人が大半かもしれない。

Ｔａｋａちゃんもその立場になって初めて知った。

そして悩んだ。

年末調整には、寡婦控除の適応要件として非常に細かい字で説明がある。

以下抜粋してみる。

（一）　夫と死別し、若しくは離婚した後婚姻をしていない人、又は夫の生死が明らかでない一定の人で、扶養親族のいる人、又は生計を一にする子がいる人

（二）　夫が死別した後婚姻をしていない人、又は夫の生死が明らかでない人で合計所得が五百万以下の人

（注）「夫」とは民法上婚姻関係にある人

「年末調整」の寡婦の欄にチェックを入れれば、一定額が所得から控除され納める税金が少なくなるありがたい制度なのだが、未届の妻であるＴａｋａちゃんは「寡婦」として申請してもいいのだろうかと悩むのだ。いつも二、三秒悩んで、「去年も文句言われなかったから、ま、いいか」とチェックを入れて提出してきたのだが、気分はどうもスッキリしない。

ある年、思い切って知り合いの税理士さんに尋ねてみた。

Ｔａｋａ「私の場合、実質的には婚姻生活を送っていますが、寡婦控除を受けてもいいですか？」

税理士「大丈夫ですよ。わざわざ夫とは民法上婚姻関係にある人と付けていますから、婚姻届を出していなければこのままで構いません」

Ｔａｋａ「ついでなんですけど、要件の（一）と（二）の違いがよくわからないのですが」

税理士「実際読んでわかる人のほうが少ないですよ。（一）はですね、離婚しても扶養する親族がいれば控除が受けられますが、扶養が終了すれば対象にならないということです。（二）は、離婚ではなく夫と死別した人か夫の生死が確認できない人が対象で、扶養する人がいなくても新たに婚姻届を出さなければ控除が受けられるということです」

Ｔａｋａ「どうしてそんな違いがあるのですか？」

税理士「僕もこれが正解というのはよくわからんのですよ。とり方によっては離婚の場合は双方に責任があるけど、死別の場合は責任がないってことですかね」

Ｔａｋａ「そ、それはちょっとすごい解釈ですねえ」

税理士「もともと寡婦控除というのは戦争未亡人を救済するために始まった制度で昭和二十六年に始まっています」

Ｔａｋａ「私の生まれた年ですよ」

税理士「あ、そうですか。何百万人もの働き盛りの男が、戦争で亡くなったり行方不明になったりした後、残された女が頑張るしかなかったでしょう。日本では嫁は自分の子どもだけでなく義理の親や兄弟の面倒まで背負わされていましたから、そりゃあ大変な暮らしをしていたはずです。そんな背景があるので死別や行方不明に対して手厚いのかもしれません」

Ｔａｋａ「戦争が終わって五十年以上も経つのに、時代にあった制度はできていないということでしょうか？」

税理士「納税は義務ですから、公平でみんなが納得できるもののはずなんですが、確かに家族に関しては混乱を招くようなものがありますね」

Ｔａｋａ「えっ、どういう意味ですか」

税理士「あなたが気にしていた寡婦控除は法律婚か否かで判断するでしょう。例えば婚姻届を出さないで子供を産んで育てている人には適応されないのです。以前僕が関わっていた職場であったことなんですが、一人で子どもを育てている女性が年末調整で寡婦控除を申請しなかったのです。経理担当が気づいて教えてあげたのですが、その人は未婚の母だったのですよ。誰もそんな個人的な事情なんて知らなかったのに、このことで未婚の母だったことが表に出て彼女は辛い思いをしたと思います」

税理士さんとこんなやり取りをしたのは、二〇一〇年ごろだった。

寡婦控除を受ける後ろめたさから専門家に聞いてみたことで、Ｔａｋａちゃんは多くのことに気づくことができた。

どうもこの国では家族に関する扱いが前時代的な考え方からうまく脱皮できていないようだ。封建的な家制度の時代ならまだしも、今は子育てに男親だからとか女親だからという色分けはしない。もしひとり親になったときは父親も母親も同じように奮闘する。だが「寡婦控除」に対して「寡夫控除」が創設されるまで三十年の空白があった。男が子どもや親の面倒を見ているとは言い出しにくい社会背景を助長しているような思惑さえ感じてしまう。しかも「寡夫控除」が創設されてもあくまでも婚姻届を出した人しか認められない仕組みで、未婚の親は弾き飛ばされていた。法律婚か否かに関係なく控除の対象とする「ひとり親控除」が創設されたのはなんと令和になってからで二〇二〇年のことだ。

そして相変わらずわかりにくいのは、事実婚は「ひとり親控除」の対象にならないと明記されたものの、どうやって事実婚を確かめるかといえば「未届の妻」あるいは「未届の夫」と住民票にあるかどうかだという。もし世帯分離をして各々世帯主になればどうなるのだろう？　いちいち経理担当者は身辺調査をしなければならなくなるのだろうか？

「ひとり親控除」が創設されたことで「寡夫控除」は廃止されたが、なぜか「寡婦控除」は残っている。そこにどんな背景があるのだろうと混乱してしまうが、結婚で専業主婦になり経済力を失ってしまった人たちへの配慮なのかなと想像している。それなら専業主夫を選択した人はどうなるのだろう？　そんな選択は認められないということなのだろうか？

明治時代に定められた、嫡出子と非嫡出子の相続割合に差をつけるという法律が改められたのは二〇一三年のことで、それまでは出自によって差別を命じる法律が大手をふってまかり通っていた。

Ｔａｋａちゃん、納税に関して感じていた自分自身の後ろめたさからは解放されたものの、まだまだスッキリしないことが多い。

代表取締役

Ｔａｋａちゃんは、五十五歳で先生の仕事にピリオドを打った。

体育の時間、子どもたちと走ってもドッジボールをしても「まだまだみんなには負けないわよ」と鼻で笑うことができていたのに、いつの間にか「先生、弱いねえ」と逆に鼻で笑われるようになっていた。リレーの欠員に入れば子どもに抜かれた。しかもゴール直前に転んでしまい、バトンをつなぐこともできなかった。Ｔａｋａちゃん、そろそろ潮時かなあと感じるようになっていた。

その頃には、Ｋａｚｕちゃんの娘は皆学校を終えて社会人となり、残るのはＴａｋａちゃんの息子一人だった。できれば息子が学校を卒業するまでは仕事を続けたいという思いもあったが「あんたの性格からして、大きな怪我をしないうちにやめたほうがいいんじゃないか」というＫａｚｕちゃんの指摘は説得力を持った。

話は飛ぶがＫａｚｕちゃんには「計量士」という国家資格があり、個人的にこの資格が必要とされる検査業務を受けていた。検査代金は彼が経営する会社の収入として挙げていたが、この仕事を分離独立させて、計測サービスの会社を立ち上げようかというアイデアを持っていた。

「計量士」というのは、世の中で使われている計量計測機器が狂っていないか検査し、使用可能の証明書を発行できる資格だ。計測機器といってもあまりピンとこないかもしれないが、お肉屋さんの「量り」も、鉄柱の重さや長さをはかる「装置」も、風速を表示する「測定器」も、騒音のデシベル・大気汚染のＰＰＭを調べる「環境機器」も、社会生活の基本データにつながるいろんなものが対象になる。商売であっても、医療行為であっても、使用されるデータが正確なものでなければ社会そのものが不安定になる。目立たないけれどいわば縁の下の力持ちみたいな仕事だ。最近はデータ偽装という言葉をよく耳にするようになったが、データの改竄なんて言葉が出るたびに「許せんなー、あいつら」とテレビに向かって彼は一人で怒っている。

測定対象によって「一般計量士」と「環境計量士」の二つの資格に分けられているが、Ｋａｚｕちゃんは両方の資格を持っていた。いずれ年金生活に入ったときでも続けられる仕事なので、今からサービス会社にして先に備えておこうかということを思いついたのだ。

その背景には、二〇〇六年に施行された「新会社法」があった。

それまで株式会社を設立するためには「資本金一千万円」「取締役三人と監査役一人」そして「同じ商号が使われていないことの確認」という結構面倒くさくて高いハードルがあった。それが「資本金は一円で可能」「取締役は一人でオッケー」「類似商号の禁止は撤廃」に変わり、会社が簡単に作れるようになったのだ。

ドッジボールで子どもから当てられて悔しがっていたTakaちゃんにとっては、「新会社法」ができたと聞いても暮らしに一ミリの変化も起きなかったが、Kazuちゃんの頭の中ではミラーボールがくるくる回っていたらしい。

風呂から上がって腰や太ももに筋肉鎮痛のエアゾルを撒き散らしていたTakaちゃんに、Kazuちゃんが持ちかけた。

「あんた会社の社長にならんかね？」

「エッ？」

思いついたときには動き出している。

二人ともその傾向はあったが、Takaちゃんの場合、歳を重ねるにつれて猪突猛進の様相を帯びるようになっていた。

四歳違いの妹から「姉ちゃんねえ、確かめるとか一呼吸置くとかできんのかねえ」とつくづく呆れられたのは、家族でバリ島に出かけたときのこと。盛られている野菜を一気に頬張りハバネロ系の唐辛子を食べて、見事な「たらこ唇」になったときだ。半日「たらこ唇」で観光した。そんなエピソード、拾い出せばキリがない。

突然天から降ってきた「会社の社長」。

Ｔａｋａちゃんは一も二もなく飛びついた。

内容は至って簡単。計測に特化したサービス会社を立ち上げる。

社長はＴａｋａちゃん、社員はＫａｚｕちゃん。

仕事の内容はＫａｚｕちゃんが受けている検査業務と、付随してときどき依頼の入る計測に関するソフトウエアの作成。これも今までやってきていることで、Ｔａｋａちゃんが営業に回るとか、ノルマを抱えて呻吟《しんぎん》する必要はない。今Ｋａｚｕちゃんが経営している会社を誰かに譲っても、無理のない仕事として老後も続けていくための布石だった。

人生いろんなことを経験したが社長の経験はない。

面白そう。

Ｋａｚｕちゃんの漠然としたアイデアは言葉となって口から出た瞬間、Ｔａｋａちゃんという強力なブルドーザーによって、半年後には現実のものになっていた。

「代表取締役」という肩書きを手に入れたＴａｋａちゃんの仕事は、Ｋａｚｕちゃんの求めに応じて納品書と請求書を発行し、スクラップブックに領収書を貼り付け、お小遣い帳のようなノートにお金の動きを記入することだった。Ｋａｚｕちゃんに名刺を作りたいと言ったが、必要ないと却下された。そして月に何度か銀行に通い、二人の給料や税金、社会保険料などの公金を振り込んだ。

最初は「社長だ社長だ」と浮かれていたが、代わり映えのしない業務の繰り返しに、少しずつ高揚感はなくなっていった。もともとアルバイト的にしていた仕事を独立させただけだったので、そんなに大きな収入があるわけでもなく、給料を支払うためにＴａｋａちゃんは自分の個人預金からお金を会社の口座に移すケースも出てきて、まるで自分の足を食って生き延びるタコみたいだなあとぼやいたが、「社長ってのはそれが仕事や」とまるで相手にされなかった。

それでも会社を立ち上げたおかげで、まったく関心のなかった景色が身近に見えるようになった。一つは電子化の流れを経験できたことだった。

Ｔａｋａちゃん、毎月銀行に通うようになって、日によってはとんでもない待ち時間を耐えなければならないことがわかった。当初は週刊誌が読めるとウキウキ通った時期もあったが、だんだんこの非効率な時間をどうにかできないかと思うようになった。そんなとき、税務署においてあったパンフレットで、数年前から「電子納税」が始まっていることを知った。電子申告・電子納税を始めればこんなに楽になるというメリットが並べられており、この制度を使えばいちいち申告用紙に記入して銀行通いしなくても済むじゃないかと、Ｔａｋａちゃん、手続きのため銀行に向かった。

ところが窓口で「当行は電子申告に対応していません」と伝えられ、腰が抜けるほど驚いた。もう一度税務署のパンフレットを隅から隅まで読み返してみて、電子納税ができる銀行一覧の囲みを見つけ、地域では二つの銀行しか対応していないことがわかった。これが日本の現実なのかとクラクラする思いで取引銀行を変更し、電子納税の手続きをしたが、「会社」という名前はあってもまだ取引実態のない、できたばかりの会社だから苦もなくできたことであって、普通の会社では簡単にできることではないだろうなと感じた。

この建て付けの悪さ、旧態依然というか非効率というか、Ｔａｋａちゃん、日本の行く末に大きな不安を覚えてしまった。

ガーデニング

ひょんなことからＴａｋａちゃんは「北九州オープンガーデン」という名称のＮＰＯ法人が運営する団体に参加することになった。

ひょんは、先生から社長に転身したおかげで暇ができたことから始まる。

Ｔａｋａちゃんのお家には小さな庭があった。

春先、ホームセンターの店先にたくさんの花苗が並べられると、突然庭を花いっぱいにしたいという衝動に駆られ、あれこれ花のポットを買い込んでしまうのだが、植栽して一か月くらい過ぎると、庭を彩るはずだった花たちはいつの間にかエノコログサやスギナの陰に隠れてしまい、夏場には汗だくになって引き抜く雑草に埋もれて見る影もなくなっていた。

バラの苗を買ってきて庭に植えてみたこともあったが、買ったときについていた蕾がひらくだけで、梅雨を過ぎると葉っぱに黒い点々や白い粉が現れ、夏には虫に食われて筋ばかりになり、緑色の茎が上から少しずつ茶色に変わって、冬にはなくなってしまうという情けない体験も何度か繰り返した。

Ｔａｋａちゃんのご近所には、見事なローズガーデンをしつらえているお宅が何軒かあった。何十種類もの値段の高そうなバラに家が包まれ、五月から六月にかけて一斉に花開いた様は、子どもの頃見たディズニー映画「眠れる森の美女」の感動を思い起こさせてくれた。またバラ以外に植えられている花との組み合わせが絶妙で、エノコログサに覆われた我が家のナチュラルガーデンとのあまりの違いには笑うしかなかった。Ｔａｋａちゃんは自分に言い聞かせていた。「無理無理、時間がない」

ところが「時間」ができてしまったのだ。

そこでＴａｋａちゃん一念発起、ローズガーデンに挑戦しようと思いたった。

やる気満々でご近所のバラ名人のところに教えを請いに出かけたが、「クライミング」だ「フロリバンダ」だ「シュラブ」だと、教えてくれる言葉の意味がさっぱりわからない。必要な道具として噴霧器や脚立、はさみからエプロン、手袋に至るまで想像を遥かに超えた準備がいるとわかり、意気消沈。ずぶの素人が最初から名人の門をたたいた己の愚かさをそっと恥じた。

そこで基礎基本から教えてくれそうなところはないかと探して、小さな花屋の主人が個人で開いているガーデニング教室をネットで見つけた。特に大々的に生徒募集をしているわけでもなく地味な紹介だった。最初から高望みして挫折しそうになったTａｋａちゃん、ここなら大丈夫かもと申し込んだのだが、このガーデニング教室の先生が、じつは大人物だったのだ。

先生、大学を出て普通の会社に就職し順調に仕事をしていたけれど、どうも自分の求めている生き方ではないと仕事を辞めた。そして、それまでまったく縁のなかったガーデニングを知ろうとイギリスに渡ったという。この発想、この決断、並の人ではなかなかできないだろう。さらにこんな雲をつかむような話を持ち出され、期限をつけて「いいよ、行っておいで」と送り出した妻も並じゃない。

イギリスに渡り、園芸農家に住み込んで仕事を教えてもらい、心から感動したのは土だったそうだ。夕日を浴びながら、黒くてふかふかした土を手に取り頬ずりしたと。新しい生徒さんが入ってくるたびに身振り手ぶりを交えながら話してくれた。Ｔａｋａちゃんも何度かこの話を聞いたが、そのたびに、まだ青年だった先生が誰も知った人のいないイギリスの田舎で、胸躍らせながら黒い土に頬を寄せる場面を想像して胸が震えた。

Ｔａｋａちゃんは知らなかった。

この先生「北九州オープンガーデン」という組織を作り、ガーデニング文化を地域に根付かせようと活動を続けている第一人者だった。ガーデニングに興味のある人なら皆、先生の名前を知っていた。Ｔａｋａちゃんはもぐりだった。

教室では、コンテナやハンギングの基礎を学んだ。季節や行事に合わせてデザインされた花の組み合わせに興奮し、植物ひとつひとつの特性を知り、できあがった作品を持ち帰って並べていくだけで我が家がバージョンアップしている気になった。

さすがだと思ったのは、既製の培養土を使わないことだった。毎回、赤玉、腐葉土、バーミキュライト、ピートモス、肥料等を、植え付ける植物の構成に合わせて配合を変えた。バケツの中で材料を混ぜ合わせて土を作りながら、先生がイギリスで体験したエピソードを次から次に展開してくれるので、気持ちはいつもコッツウォルズの田舎町で遊んでいるようだった。

「北九州オープンガーデン」では、年に一回、北九州市やその周辺の町に足を伸ばして、上手な庭づくりをしているお宅を見学するツアーが企画されていた。希望者を募り、大型バスで一日かけて十か所近い自慢のお庭を見せてもらう。一年間丹精こめた庭が公開され、参加したメンバーは自分の庭づくりのヒントをたくさん見つけることができた。庭づくりを通して人とのつながりを広げていこうという試みだった。そして、こうした文化を育てていくことが先生の目標だった。Ｔａｋａちゃんも勧められてすぐに会員になった。

教室に通い出して一年が過ぎた頃だった。

「今度、北九州オープンガーデン主催の庭巡りツアーを計画しました。五年計画で世界の庭を見に行きましょう」

身体中から嬉しさを発散させて、先生はできあがったばかりの案内を一人一人に手渡した。

いつも先生の話は世界を駆け巡り、聞いているだけで気持ちは大きくなるのだが、さすがに五年計画で世界の庭を見に行こうとはちょっと現実離れしている。しかし、思えば安定した勤めを辞めて、なんの保証もないのにイギリスに渡ったような人だ。現実を飛び出すのは大変なんて常識的理由は、ここでは二の次三の次だった。

ガーデニングの楽しみは世界共通。庭を見るならガーデニングの本場と言われるイギリスから始めよう。その後カナダ、フランス、ニュージーランド、アメリカと見て回ろう。

アイデアを語る先生の目から、いくつもいくつもキラキラ星が飛び出してきた。

面白そう。

どうせ見るなら本物の「イングリッシュガーデン」だ。

Takaちゃん、このアイデアに飛び乗った。


二人とも海外旅行の経験はあったが、それはアジア圏に限られていた。

フルタイムで仕事をしていた状況では、なかなかヨーロッパまで出かける余裕はない。ましてて子どもたちを連れての旅行ともなれば、旅行費用もおいそれと動かせるような金額ではなくなるし、また特にヨーロッパ方面に出かけたい動機もなかった。

Kazuちゃんにとってはさらにハードルは高かった。

会社経営でもっとも大切なことは危機管理だ。何かトラブルが発生したときに、迅速で的確な対応ができないと、時には命取りにもなる。旅行をするにしても、緊急時にはすぐに戻れる場所が基本だったし、海外旅行となると、仕事の段取りをつけたうえでの夜便出発、帰国したらその足で出勤することがほとんどだった。

Ｔａｋａちゃんがイギリスツアーに参加したいと言い出したとき、あまりのハイテンションに恐れをなしたのか、あるいは我が家をヨーロッパの風が通り抜けることに興味があったのか、その真意はわからないが、Ｋａｚｕちゃんはじつにあっさりと「いいよ、行っておいで。俺のことは心配いらないから」と言ってくれた。返事を聞いて初めて、Ｔａｋａちゃんはまったく Ｋａｚｕちゃんの心配をしていなかったことに気づいたが、もちろんそんなことはおくびにも出さない。「うん、ありがとう。ごめんね、一週間も家を開けて」とほっぺたがヒクヒクするような笑顔を返した。

Ｔａｋａちゃんは理解していなかったが、五泊七日で企画された「英国庭園見学ツアー」は、先生の経験と人脈を活かして練り上げられた極上のプランだった。

ロンドンに四泊、チェルトナムに一泊し、移動には専用の貸切バスが用意されていた。

初めてロンドンを訪れる人のために定番の市内観光を組み入れていたが、すでに旅行したことのある人は自由に行動できるようにと、大英博物館そばで地下鉄ラッセルスクエア駅から二百メートルにあるホテルを選び、チェルトナムでは貴族のお屋敷を宿泊施設として使うマナーハウスが選ばれていた。ロンドン三日目は終日「チェルシーフラワーショー」に参加、また希望する人はポートベローのアンティーク街を案内してもらえ、オプションだが、ミュージカル「オペラ座の怪人」鑑賞もあった。

見学に行く庭は厳選され、有名なお城の庭もあれば、個人の庭としては世界に知られているキフツゲート、そしてイエローブックに掲載された庭がラインアップされていた。

これだけの内容であるにもかかわらず、旅行代金は二十六万円で設定されていた。

ご存じの方も多いかと思うが「チェルシーフラワーショー」というのは王立園芸協会が主催するもっとも権威のあるフラワーショーだ。開催初日にはエリザベス女王やチャールズ皇太子が直々に会場を訪れ、公共放送ＢＢＣは毎日特別番組を組んで夜のゴールデンタイムにその年の優秀作品やトレンドを詳しく紹介するくらい関心の高い、日本でいえば「紅白歌合戦」のようなガーデンコンテストなのだ。開催されるのは毎年五月下旬で、四日から五日くらいの短い開催日程のため、このチケットを獲得することはイギリス人でも難しい。

また、さりげなく予定に入れてあった「キフツゲート・コート・ガーデン」。ここは「キフツゲート」という名を冠したバラがあるくらい世界的に有名なガーデンで、あのＮＨＫが取材して番組を作ったこともある。庭は限定公開。五月、六月、七月は火曜と金曜を除いて十二時から六時まで、四月、八月、九月は日曜・月曜・水曜の二時から六時までとなっている。地の利は悪く本道を離れ、小さな山道を進まなければならないとあって、行ってみたいと望んでもおいそれと実現できる庭ではなかった。

そして「イエローブック」に掲載された個人のお庭拝見のスケジュール。

この「イエローブック」なるものがどういうものなのか知らないことには話が進まないのだが、話は一九二六年にまで遡る。クリミアの天使として知られるナイチンゲールが亡くなって十数年経っても、まだまだ一般的な職業と認められていなかった看護師という職業を支援するために、ナショナル・ガーデン・スキームという慈善団体が立ち上げた慈善活動が「オープンガーデン」だった。「あなたの素晴らしい庭をみんなに見せてください。そしてささやかな入園料を集めてください。それをどうぞ私たちに寄付してください。そのお金で看護師の仕事を応援しましょう」と呼びかけ、たくさんのお庭愛好者が応じたという。

神社のお賽銭みたいに十円二十円の見学料をはらって庭を見せてもらい、庭のオーナーさんは「どうぞごゆっくり」と手作りのクッキーや紅茶など用意する。そんな小さな活動が広がって現在に至っている。最近では何億円という単位の寄付が集まり、設立目的だった「看護師の支援」から支援対象は大きく拡大してきている。

参加者が増えるにつれて、公開されるお庭の質もどんどん向上してきた。まるでアマチュアガーデナーの甲子園的な役割を持つようになったのが、毎年三月に発売されるガイドブックだ。表紙が鮮やかな黄色なので「イエローブック」と呼ばれている。有名なガーデナーや評論家が審査員になり、全国に登録されたオープンガーデンを採点する。そして上位に入賞したお庭がこのガイドブックに紹介される。アマチュアガーデナー版ミシュランなのだ。

この三つが、一回の見学ツアーですべて満たされるなんて、まずあり得ない。

今ならわかるＴａｋａちゃんだが、そのときはただイギリス行きが嬉しかった。

「猫に小判」「豚に真珠」「Ｔａｋａちゃんにチェルシー」なのだ。

イギリス　パート1

二〇〇七年五月二十三日、Ｔａｋａちゃん含め四十名近いご一行様はヒースロー空港に降り立った。

関西空港を飛び立ってから十二時間十五分、こんなに長時間ほとんど身動きのできない椅子に座りっぱなしという経験はなかった。首から背中はガチガチ、足はパンパンに腫れ、飛行機から降りてしばらくはロボコップになったような気分だった。

確かにヨーロッパは遠かった。それでも、旅の気分というのはいつもそうなのだが、行きはまったく疲れを感じない。むしろ「ロボコップ歩き」が楽しくさえ思えるのだ。さらにＴａｋａちゃん、行き交う人が皆ヨーロッパ系の外国人であることに感動さえしていた。

このツアーに参加したメンバーの中に、彼女が見知った人は先生夫妻を除くと五人で、あとは北九州以外からの参加者だった。コッツウォルズが好きで何度も来たことがあると豪語する人や、ロンドンでバーバリーを買いたいという人もいて、つくづく世間にはいろんな人がいるもんだと感心した。

ロンドン行きに際してTakaちゃんからお土産の希望を問われたとき、Kazuちゃんは迷うことなく「The Simpsons のものなら何でも」と即答した。

彼はこのテレビアニメの二十年来のファンだった。当時日本では放映されておらず知名度も低かった。しかしアメリカではその品の悪さと、出演する多彩なゲストと、権力や権威を肴に展開するブラックユーモアがうけてかなりの人気を博しており、イギリスでもコアなファンを持っていた。

このミッションを遂行するために、Takaちゃんは大胆にもロンドン初日の単独行動にうってでた。それはあまりにも短慮であり無謀であるとしか言いようがない。

英語を自在に操る力もないのに、英語は読めると安易に考えていた。また、海という天然要塞に護られた日本で生まれ育ち、単一言語のみでの生活が可能な環境の中で「何とかなるさ」という根拠のない楽観主義を微塵も疑わない無邪気さもあった。

ふり返れば、この無邪気さから何度か人生で「痛い目」にもあってきた。ただ彼女の面白さは「痛い目」をネタに仕込むことができるところだ。痛い経験がその後の人生軌道を修正する分岐器となった。そして彼女の行動は「好奇心」をエネルギーにして、ますます加速している。

そんな彼女の生き方を支えているのは、間違いなくKazuちゃんという相棒の存在だった。彼はTakaちゃんの傍でいつもハラハラドキドキしながら、時にブレーキをかける役目も担っていた。

そんな彼も、イギリス土産といえば定番のスコッチウィスキーを所望せず、あえてThe Simpsonsを指定してしまい、それが彼女をここまで暴走させてしまうことになるとは夢にも思わなかっただろう。

ロンドンのロイヤルナショナルホテルは、千人くらいは宿泊可能なビジネスホテルだった。部屋に入って窓を開けたら道路を挟んでオフィスビルが並び、同じ目線で向こうのビルの中が見える。これは向こうからもこちらの様子が見えるんだなと気がついて、慌ててカーテンを閉めた。四日間の滞在中、毎日カードキーの磁気が落ちてドアが開かなかった。

これだけの規模なので、バイキング形式の朝食は長蛇の列ができる。朝食会場が開く二十分前には「オープンガーデンご一行様」を含めかなりの人が並んでいた。Takaちゃんは旅慣れている様子の人とテーブルを囲み、彼女たちからいくつかアドバイスを受けた。

今回のスケジュールで、自由行動ができるのは今日だけということ。彼女たちはお目当てのデパートを巡り、アフタヌーンティーを楽しむつもりだということ。ロンドンは混雑しているから、自由行動するつもりなら昼用のサンドイッチをこそっと作って持っていくといいということ。地下鉄駅で最初にワンデーチケットを買うこと、など。達人の話を聞きながらTakaちゃん、気がついた、シンプソンズグッズを買えるのは今日しかないということに。

気づいたら行動は早かった。アドバイスに従って、トーストにマーマレードを塗りベーコンを挟んでサンドイッチにすると、それをテーブルナプキンで包んでバッグにしまい、添乗員さんのところに行って市内観光はキャンセルすると伝えた。この添乗員さん、先生が特にお願いして引き受けてもらったという若い女性、イギリス経験が豊富でロンドンの情報も詳しい人だった。彼女にシンプソンズグッズを買わなければならないんだと話したら「ハムレーズ」というおもちゃ屋さんに行けばいいと、市内観光用の地図に目印をつけて教えてくれた。ホテルから地下鉄駅までの道順もメモ用紙に書いて渡してくれた。

Takaちゃんも「世界の歩き方」という最強のガイドブックを用意してきたので、今日は一日ロンドンを探検できると完全に舞い上がっていた。

部屋に戻りガイドブックを広げると、添乗員さんにもらった観光地図と並べ、一日のコースを考えた。行きたいところは三か所だった。「大英博物館」「ナショナルギャラリー」「ハムレーズ」。

　まず地下鉄駅に行って、安くなる時間帯のワンデートラベルカードを購入する。これでバスと地下鉄の両方が使える。次に、歩いて大英博物館に行く。昼頃にはナショナルギャラリーに移動し鑑賞。最後にハムレーズに行ってお土産を見つける。ガイドブックに紹介してある基本的な一日観光プランを見ても、この二倍以上の見学地で組み立てられている。Ｔａｋａちゃんはのんびりロンドン散策が楽しめるとご満悦だった。

　午前九時前にホテルを出発して、ラッセルスクエア駅に向かった。ところが、通りを渡り二区画目を左折すればすぐだよっと教えられていた道を進みかけたところで、一面に張られた規制線に行く手を遮られてしまったのだ。黄色いヘルメットをかぶり防火服のような服装の大柄な男性が四、五人、道路を検証しているようだった。見上げると四階の窓が黒く焦げて壊れている。規制線の外にもガラスの破片が飛び散っていた。どうやら爆発事故があったらしい。仕方ないので他の人たちの流れに従って右に曲がった。

　Ｔａｋａちゃんには、あまり自慢できない特技がある。それは、地図のとおりに歩いていても違うところに着いてしまう能力だ。地図上の右左と実際の右左がなかなか一致しない。

一区画ずれただけなのでちょっと大回りをすれば目的地に着く。それがTakaちゃんには至難の業になることがあるのだが、このときがまさにそうだった。

もちろんどこで間違ったかわかるはずもなく、穴が開くほど地図を見ても、自分がどこにいるのかわからない。通りすがりの人に駅を尋ねたら、どの人も指差しながらとても親切に教えてくれる。だが悲しいかな、親切な説明を正確に聞き取ることができない。聞き返しもせず、わかったようなふりをして進むものだから、ますます自分の位置がわからなくなってしまった。

途方に暮れて地図を見ながら立ち尽くしていると、いったん横を通り抜けていった背の高い女性が戻ってきて、どうしたの？　と言わんばかりに覗き込んできた。地図上の駅を指差して「どこかわからない」と伝えたら、「ＯＫ」と答えて駅まで連れて行ってくれたのだ。

それほど離れていなかった。

およそ一時間、雪の八甲田山でもないのにぐるぐるさ迷っていたらしい。

予定より一時間遅れでワンデートラベルチケットを購入した。

Ｔａｋａちゃん、駅からいったんホテルに戻り、フロントで大英博物館までの日本語で書かれた案内をもらって再び出発した。ラッセル広場を通り抜けると、案内にあるロンドン大学の門があった。薩英戦争でイギリスに負けた薩摩藩が、方針を転換してイギリスに送りだした薩摩からの留学生の下宿があるとパンフレットに記してあり、言葉もわからない土地で奮闘した日本人が身近に感じられて、ちょっと気を取り直した。

今度は迷うことなく大英博物館に到着でき、意気揚々と館内に入ったのだが、あまりに大きすぎて、どこから回ればいいのだろうと再び途方に暮れてしまった。備え付けの案内を広げてみたものの、限られた時間内で見るべき優先順位がつけられない。しかたないので目的は決めずに、昼頃まで見られるものを見ようと決めた。

歩いている途中で、人が集まっているところには必ず首を突っ込んだ。

最初の人だかりは「ロゼッタストーン」だった。それは想像していたより遥かに大きな石だった。トラックもない時代に、どうやってこんな大きな石を運んだのだろうと、ビックリ仰天。

人の流れに合わせて進んでいたらミイラの展示室に入ることができた。最初にお目にかかったミイラは、初対面のためインパクトが強く張り付くように見たが、次から次にミイラばかり見ていると、やっぱり飽きてしまった。ただ収集能力や保存の方法も含め、大英帝国は偉大だと感心するばかりだった。

日本では、これだけ値打ちのある展示物は必ず撮影禁止なのに、ここではどこにカメラを向けても誰にも文句を言われない。あれもこれもと写真に収めていたら、時計は一時近くになっていた。見残したものの多さにため息をつき、ひかれた後ろ髪はロープほどの太さだっただろうが、次なるナショナルギャラリーに向けて大英博物館を後にした。

ここでTakaちゃん、移動手段として大胆にもバスを選んだ。あの赤い二階建てバスが目の前を通り過ぎたのを見て、衝動的に乗ってみたいと思ったのだ。チケットは持っている。

もちろん、どのバスに乗ればいいのかわからない。

再び地図とガイドブックを広げ、ナショナルギャラリーの近くにある駅名を調べた。チャリングクロスかトラファルガー広場が近そうなので、バスの案内をじっと見たら、確かにチャリングクロス行きらしい表示があった。表示にある二桁の数字と同じバスが来たら乗ろうと決めて待っていたら、本当にその数字を表示している二階建てバスがやって来たのだ。Ｔａｋａちゃん、意を決してそのバスに乗ると、すぐに階段を上がり二階の一番前の席に腰を下ろした。地図を開き、道ゆく景色をキョロキョロと見回しながら、どこを走っているのだろうと多少不安もあったけれど、石造りの建物が続く街並みの落ち着きと調和を満喫していた。

二十分くらい走っただろうか。バスが止まり、下から運転手の叫ぶ大きな声が聞こえた。何か事故でもあったのかなと立ち上がってみたけれど、バスの周りにトラブルの様子はない。そのままやり過ごしていると、アラブ系と思われる運転手が二階に上がってきた。そしてＴａｋａちゃんに短い言葉を繰り返した。座ったままのＴａｋａちゃんが怪訝そうな表情を見せると、運転手はＴａｋａちゃんの腕を掴んで、引き摺るように下まで降り、Ｔａｋａちゃんをバスの外に押し出した。

訳がわからずしばらくその場に立ち尽くしていたが、広場の先にナショナルギャラリーの建物があることに気づいて、やっと理解できた。そこは終点チャリングクロス・トラファルガー広場前だったのだ。そして運転手さんが繰り返していた言葉は「ＥＮＤ」だった。運転手さんは親切にも二階に残っている日本人を覚えていて「終点だよー」と何回も教えてくれていたのだ。Ｔａｋａちゃんは「ＥＮＤ」がわからなかった。

強引にバスから放りだされたことよりも「END」を理解できなかったショックは大きかったが、いつまでもショックを抱えてもいられない。気を取り直し、自らを奮い立たせてナショナルギャラリーに向かった。

トラファルガー広場の噴水周りでは、大人や子ども、またいろんな国柄を想像できる人たちが、思い思いのスタイルでくつろいでいた。ナショナルギャラリーは広場の正面に位置し存在感を示している。

ナショナルギャラリー正面玄関には、任意の寄付を受け付けるボックスが置いてあるだけで、大英博物館同様ここも入場無料だった。ガイドブックを読んで、イギリスでは文化施設は入場無料と知ってはいたが、実際に無料で入館すると、文化に対するスタンスの違いが強く感じられ、羨ましさと嬉しさの混じった複雑な感銘を受けた。残念ながら日本語のパンフレットは置いてなかったので、英語のパンフレットを取って開いてみた。ここもやたらに広く、とんでもない数の絵画が展示してあることだけ理解でき、さすが大英帝国だなあと再び感心しつつ、どこかに展示されているゴッホやフェルメールを探すことは早々に断念。六十もある展示室と絵の多さに圧倒されながらひたすら歩き回った。

途中、ある絵の周りに人だかりを見つけ、有名な絵かもしれないと進んでみたら、それは子どもたちの集団だった。小学校三、四年くらいの子どもが三十人前後、壁の絵を囲むように座り込んで、先生らしい人の話を聞いていた。Ｔａｋａちゃんも小学校の先生をしていたので、この場面には興味を惹かれしばらく観察していた。

どうやら絵を見ての思いを出し合い、出た感想に対して意見を述べるようなディベート形式の授業をしているのだなとわかったが、一枚の絵で、しかも一六〇〇年代のオランダ絵画を材料にして、十歳くらいの子どもたちが意見を出す姿にびっくりした。しかも美術館の静寂を決して乱さないやりとりは、先生をしていた頃美術館や博物館に子どもたちを連れて行ったとき、いつも目を光らせて「おしゃべりしたらダメ」とか「触っちゃダメ」とダメ出しばかりしていた自分とは対極の光景だった。

結局授業参観をしているうちに次への行動を促す時間が来てしまい、ここでも太い太い後ろ髪を引かれながら、次なる「ハムレーズ」に向かった。

「地球の歩き方」と首っぴきで、ピカデリーサーカスを目指して歩き始めた。この辺りはロンドンでも一番の繁華街。有名な建物も多く、方向音痴を自認するＴａｋａちゃんでもあまり不安を感じないで進むことができる。ほどなくあの「エロスの像」に到着。

それにしてもロンドンを歩いて渋滞のない通りを見つけるのは難しい。また信号を守って横断する歩行者を見つけるのも難しい。ピカデリーサーカスからソーホーにかけて、王室御用達からエンターテイメント施設まで第一線が集まっている中で、SANYO・TDKなど見慣れたロゴを高い空間に見つけると、さすが日本と誇らしさも感じられた。

名の知れたブランドショップが並ぶリージェントストリートを歩いていくと、すぐに見つけられた「ハムレーズ」。いやいや、こんなどでかいおもちゃ屋さん見たことない。でかいというだけなら日本でも外資系のトイザらスが思い浮かぶけれど、販売されている商品の多様さ、品揃えの豊富さに、目眩がしそうだった。バス事件ですっかり自分の英語力が信用できなくなっていたこともあって、シンプソンズを求めて一心に歩き回り、三階でついに発見。あるあるシンプソンズ。ゲームもフィギュアもてんこ盛りだった。

ボードゲームやジグソーパズル、キャラクター人形をゲット。これで旅の大きなミッションは完了と「ハムレーズ」のロゴが入った大きな袋を抱えて地下鉄駅に向かった。

添乗員さんから「ラッセルスクエアとピカデリーサーカスは一本だから、初めてでも大丈夫ですよ」と教えてもらい、Takaちゃんはロンドンの地下鉄なんて乗れば着くんだと大きな勘違いをしていた。Ｔａｋａちゃん、じつのところ、地下鉄という移動手段を日本でもほとんど利用したことがなかった。

大きな荷物を抱えて入った地下鉄駅はオックスフォードサーカス。

ここには三本の地下鉄線が入っていることも、とんでもない数の利用者が行き来していることも、何よりもロンドンの地下鉄の基本知識や認識がないままに、大きな流れに吸い込まれるようにして進んでしまった無謀さを含めて、結果的にホテルに辿り着いたのはただただ幸運というしかないだろう。

一瞬もとどまることのない濁流のような人の動きの中で、色の違う改札口が並んでいるのを見たときは、さすが鈍感なＴａｋａちゃんでもどれかの色を選ばなければならないことがわかった。壁や柱には全体の路線図を表す、色分けされた蜘蛛の巣のような絵が至る所に貼られているが、それを見てもさっぱり仕組みがわからない。ワンデーチケットを握りしめたまま人の流れに逆らってウロウロするしかなかった。

意を決して係員と思しき人のところに行き「ラッセルスクエアに行きたい」と聞いてはみたが、ワニャワニャワニャと早口で説明してくれる内容がわからない。いっとき人波にもまれ、「無理だ」とわかった。「原点に戻ろう」

Ｔａｋａちゃんは再び地上に出るとピカデリーサーカスに向かって歩き始めた。荷物の重みで腕にはミミズ腫れができた。

その夜、オプションで申し込んだ「オペラ座の怪人」。本場イギリスのミュージカル。出発前に何度もビデオで見て、あれほど楽しみにしていた生の美しいメロディの掛け合いも感動的な舞台装置も、すべて夢の中に消えてしまった。

チェルシーフラワーショーを皮切りに三日目からが「北九州オープンガーデン」の本格的なお庭見学ツアーとなる。ガーデニング歴一年生のＴａｋａちゃんには「フラワーショー」そのものの予備知識も経験もなかった。最初にチェルシーフラワーショーの話題が教室で出たとき、思ったままに「菊人形のようなもの？」と言ってしまい、向けられた冷たい視線を忘れることができない。

一八八八年に第一回目が催されたというから百年以上の歴史を持っている。世界中のガーデニング愛好者から一度は行ってみたいイベントのトップに挙げられ、またガーデンデザイナーにとっては、このコンテストに参加することが人生最大の目標になるほどの権威を持っていた。

前日、大英博物館やナショナルギャラリーに行って規模の大きさに圧倒されたＴａｋａちゃんだったが、このフラワーショー会場に入っても、なんて規模なんだろうと驚いてばかりだった。

いろんなジャンルに分かれたガーデンコンテストなのだが、伝統を加味しつついかに新しい発想を表現するかの競い合いで、ここで選ばれた庭のデザインがその年のトレンドになる。ファッション界で言うとイヴ・サンローランとかイッセイミヤケのような雲の上のガーデナーが、このコンテストから生まれてくる。Ｔａｋａちゃんにとってこれほどの未体験ゾーンはなかったし、どこを見てもどれを見てもすべてが驚きの連続だった。

庭という空間に自然を表現しようという試みは日本庭園も同じだけれど、枯山水や築山のように技術と約束、そして作者の哲学的意図を汲み取る素養が求められる様式美の日本庭園に対して、ここで表現されている庭は色彩も形式も材料も多種多様で、大小合わせて千近くあると思われる展示作品は、見ても見ても見飽きることがない。大きな会場を歩き回りながらＴａｋａちゃんは、日本の庭って伝統的な形式からなかなか抜け出せないんだなあと思った。多様性を受け入れにくいという点では日本社会とよく似ている。

盆栽は一つの選択肢として注目されているのか、フラワーショーにも専用のブースが設けられていた。小さな鉢に、針金で矯正されて形を整えた松、花を咲かせた桜や梅など、高い技術も求められいかにも日本的だと思うが、草や木の立場になってみたら窮屈だろうなと同情してしまう。

庭も人の社会も、組み合わせ自由、材料にこだわりなし、既成の観念にとらわれないほうが楽しいなと何だか大きな発見をしたようで、吹き抜ける風まで日本とは違う気がして、歩いても歩いてもまったく疲れを感じなかった。

翌日はウィズリーガーデン、リーズ城、シシングハースト城などロンドン郊外のかつて貴族や王族のお城だった庭を見学した。それぞれに特色があって、石や煉瓦の色と調和した配色にこだわりのある庭や、ベルサイユ様式の幾何学模様を取り入れた見事な植え込みに囲まれているもの、さりげなく配置されているベンチや置物にこだわりの見られるものなど、建物に添えて庭があるのではなく、庭があって建物がある。確かに素晴らしいの一言には尽きるけれど、これだけの庭の維持管理ができるのは、やっぱり限られた地位にある人たちだ。Ｔａｋａちゃんには縁のない暮らしだなあとちょっと冷ややかな視線で見ている自分に気づく。

それでも、庶民のささやかな庭からこんな特権階級の庭まで、規模の違いはあってもそれぞれのこだわりを楽しめる文化は面白い。ガーデン文化って、現状をいかに維持するかではなく、現状がどのように変化していくかを思い描きながら、手をうち仕掛けていくパズルみたいなものだと思った。そこにチャリティーが乗っかって社会に還元されていくなんて、そんな発想それまでの人生で出会ったことがなかった。Ｔａｋａちゃんのワクワク感は沸騰していくばかりだった。

旅も終盤に入り、ご一行様はロンドンからコッツウォルズ地方に移動した。ウィリアム・モリスが「世界で一番美しい村」と紹介して以来、多くの人がこの村を知り、多くの観光客が訪れるようになったそうだ。チョーク層の地層から産出される「蜂蜜色の石」で作られた家並みと、緑のコントラストがとても美しかった。産業革命のとき、この地まで鉄道が敷かれなかったため取り残されたことが、今になれば「売り」になるのだから、進歩に乗ることばかりが答えじゃないと考えさせられる。

先生が一番好きだというバイブリーは、時間がたっぷりとってあり、みんなでゆっくり歩いた。小川にかかる石造りの眼鏡橋、水辺で遊ぶ水鳥は人が近づいても恐れる様子もなく、十七世紀に建てられた家々には暮らしを営んでいる人たちがいる。庭を整備し、花を植え野菜を育て、日々の暮らしを大切にしている息遣いが聞こえてくるようだった。

茅葺の屋根が続くチッピングカムデン、十四世紀からの街並みが残るカッスルクーム。コッツウォルズの旅は穏やかな歴史の流れに身を置くような懐かしさがあった。この地方に暮らす日本人女性にガイドを依頼してあったので、庭のことばかりでなく暮らしの話、歴史的な背景など多くを聞くことができた。

歩きながら、さりげなく彼女はみんなに問いかけた。

「皆さんが今歩いている道はいつ頃できたと思いますか？」

「十六世紀」

「十五世紀」

思いつくままにいくつかの声が上がった。彼女は笑って答えた。

「紀元前一世紀頃、ローマ人によって造られました」

Ｔａｋａちゃんの目から鱗がドドドッと何枚も、いや、何百枚も剥がれ落ちた。剥がれ落ちた鱗は、映画「マトリックス」で弾丸が軌跡を描いて飛んでいくあの有名な場面のように、紀元前の彼方に向かって飛んでいった。

「すべての道はローマに通じる」ってこういうことだったんだ。

教科書に載っていた。

All roads lead to Rome.

中学の英語で習い、完全にわかった気になっていた。

歴史の時間、ローマ軍の遠征を習った。

皆暗記しておくべき知識として、ずっと今に至るまでノーミソの片隅に刻まれている。

でも何もわかっていなかった。

これが歴史の重みなのだ。これが歴史の広がりなのだ。

時の流れを経て、確かに存在している事実を受け止め、思索が深まり、共感を呼び、言葉となってつながっていく。

おしゃべりのＴａｋａちゃんが、しばらく言葉を失っていた。


旅も終わり、バスはロンドン・ヒースロー空港までの高速道路を走っていた。

牛の群れ、馬や羊、そして色合いの異なる緑が広がるなだらかな丘陵地。流れる景色を追いながらＴａｋａちゃんの中でいろんな思いが交錯していた。石炭を産出しなかったため産業革命から取り残された村。だからこそ残っている蜂蜜色の柔らかい風景。今も生活道として使われているローマ人の道。歴史を語る石の文化。入場無料の文化的背景。楽しいチャリティー。

ロンドンが近くなってきたとき、大きな建物に併設された風車が目につくようになった。添乗員さんに聞くと、それは温暖化防止のために大きな事業所が取り付けている風力発電装置だと説明してくれた。その当時、日本ではあまり真剣に取り上げられていなかった「地球温暖化」に対する動きが、ここでは目に見える形で進んでいる。

一週間のイギリス体験は、小気味よいちゃぶ台返しの連続だった。

自分が「井の中の蛙」だとはっきり自覚できた面白さ、井戸の外にもっと大きな海があることに気づいた喜び。

Ｔａｋａちゃんの中で何かが弾けた。

イギリスは面白い。

もう一度、帰ってきたい。

イギリス　パート2

帰国して間をおかず、不動産経営者の妻に渡すため、イギリス土産を持って会社の事務所に向かった。Ｔａｋａちゃんは十年以上、その場所に通っている。

定番のクッキーと紅茶を渡し、イギリスで体験した出来事をしゃべった。「ＥＮＤ」の意味がまったくわからなかったことや、すべての道がローマに通じていたショック体験をまくしたてて「英語教室に行きたい。ねえ、英語教室知らない？　英語を勉強してもう一回イギリスに挑戦したい。ねえねえ、イギリス人とか英語圏の先生がやってる英語教室知らない？」とたたみかけるＴａｋａちゃんに、不動産経営者の妻は呆れたような口調で「あんた、目の前にあるじゃない」と向かい側のビルを指差した。

Ｔａｋａちゃん、振り向いて彼女が指差す方向を見上げると、四階の窓いっぱいに貼られている大きなユニオンジャックがあった。「もう何年も前からあそこで教室開いているよ。評判いいみたいで就職とか留学とかの目的の大学生がよく通ってるわよ」

何年も事務所に通っていながら、大きなユニオンジャックはＴａｋａちゃんの目にはまったく入っていなかった。興味や関心のないものは目に入らないものだなあと変に感心しながら、ビル入り口の案内ボードに下げられている入会希望のカードを抜き取って家に戻った。

案内にはオックスフォード地方出身のイギリス人と自己紹介があった。

無料の体験レッスンがあるとわかり、さっそく電話で申し込んだ。

指定された日、狭くて勾配の急な階段を四階まで上がり「Anthony English School」の案内が貼ってあるドアをノックした。「Yes」の声とともにドアが開き、姿を見せたのはフィリピン系の若い青年だった。てっきりアングロサクソン系の人が現れると思っていたので、ちょっとたじろぎながら中に入り、青年に勧められた椅子に緊張して座った。

青年は用意した紅茶をTakaちゃんの前に置くと「私がこの教室を運営しているアントニーです」とゆっくりとてもきれいな英語で自己紹介してくれた。そして英語を勉強したい目的は？　とTakaちゃんにたずねた。Takaちゃんは必死でイギリス旅行の顛末を、思いつく単語総動員して、しかも順不同で話すしかなかった。電話で体験レッスンの申し込みを受けてくれた日本人女性はいない。まさか丸腰で英語のやりとりをすることになるとは考えてもいなかったので、なかばヤケクソのような時間を過ごしてしまったが、一時間、英語しか存在しない空間に身を置いた満足感があった。何より青年の穏やかなまなざしとQueen's Englishに惹かれ、入会申し込みをして部屋を出た。

話は突然一九七〇年代のフィリピンに移る。

一九六五年大統領に就任したマルコスの政権下、国内は政情不安定になり戒厳令が発令されるような内戦状態になった。この時期、国を脱出し国外に逃れた多くのフィリピン人の中に一組の若い男女がいたのだが、彼らはイギリスで出会い結婚した。

それがアントニーの両親だった。

夫は病院の調理人として、妻は介護士として働き、二人の子どもに恵まれた。第一子がアントニーだ。

彼はイギリスで教育を受け、大学を卒業すると、専攻したアジア近現代史への興味から、当時日本で始まった小学校の英語学習に携わるＡＬＴ（Assistant Language Teacher）の職を得て、日本にやってきた。偶然だが、彼の住宅を斡旋したのは友人の不動産会社だった。

「縁は異なもの味なもの」とよく口にするけれど、男女の仲だけでなくあらゆる人生の場でそれを感じる。ガーデニングの先生との出会いからこんな面白い人生舞台に変わった。そしてその舞台にマルコス政権下の混乱したフィリピンまで映し出されている。

日頃、人との出会いこそ人生だと感じているＴａｋａちゃんだが、こんな面白い出会いを用意してもらって、もしも天に何でもお見通しの神様がいるのなら、心からお礼を申し上げたい。

アントニー先生の教育方針はとてもシンプルだった。

用いる教材は、何かを求めてイギリスに渡ってきたけれど英語をしゃべることのできない外国人のために準備されたプログラムだった。

もちろん、レッスン中はどんなに困っても英語しか通用しなかった。

アントニー先生はパニックになって「えーっと、ほら、その」ともがいているＴａｋａちゃんに何の手助けもせず、じっと待つことができたし、むしろ楽しんでいるようにさえ感じられた。Ｔａｋａちゃんが音を上げて「Stop」とか「Change」と叫んでも、「No No」と優しく遮って、バンザイしている地点に連れ戻し、言いかけて止まってしまった言葉を投げかけてくるのだった。

Ｔａｋａちゃんは中学校以来十年間の学校教育を通して、英語を読むことと書くことはある程度できるようになっていた。しかし、聞くことと話すことはさっぱりだった。読んだり書いたりするときと、何かを聞いてそれに答えるときでは緊張の度合いが桁外れに違っている。それを見越したように、アントニー先生はレッスンの始まりで必ず思いつきに任せた質問をした。

「おはよう、今朝は何時に起きた？」

「今どんな本を読んでいる？」

「この一週間で楽しいニュースはあった？」

「昨日の晩ご飯はどんな材料を使って何を作った？」

同じ質問が出ることはなかった。簡単な質問なのに、英語でやりとりしようとすると頭の中は大騒動になる。まず日本語に翻訳する、日本語で答える、英語の単語を探す、答えを作る、現在形か過去形か単数か複数か確かめる。やっと口に出したときには声が裏返り、手のひらには汗が出ていた。学校で叩き込まれた英文法が、スムーズな会話の障害になっているのは間違いなかった。

半年くらいこんなやりとりを重ねて、アントニー先生はＴａｋａちゃんが興味を示しそうな学習方法を探っていたらしい。

彼は、ALTとして日本の教育現場を体験したことがどうも反面教師になったようで、学びのスタイルや使う教材など強いこだわりを見せた。そして提案したのは世界の昔話やイギリスでブッカー賞をとった子ども向けのお話を読んでディベートをしないかというものだった。

先生が候補としてあげたお話は何よりもストーリー展開が面白いものばかりだった。中でも「チャーリーとチョコレート工場」で有名なロアルド・ダールの一連の子ども向け作品には強く惹きつけられた。アントニー先生は取り上げたお話を吹き込んで家庭学習用にと自作のCDまで用意してくれたのだ。

Takaちゃん、ちょっと英語が楽しくなってきた。

そこで二〇〇八年四月、七十五歳の母親と一緒に「フリーステイ一週間ロンドン」というツアーを利用して、再びヒースロー空港に降り立った。飛行機チケットと朝食付きホテルだけが準備された格安プランを使って、ロンドン市内を地下鉄や鉄道などの公共機関で移動する、いわば前回のリベンジをしてみようと思い立ったのだ。ただ、単身でロンドンに乗り込む勇気はなく母親を巻き添えにしただけだった。

かわいそうなのは母親で、単純に外国旅行ができるとへそくりをはたいて喜んでついてきたのだが、バッキンガム宮殿もロンドン塔も案内されず、毎日地下鉄に乗ってあちこち連れ回され、一日中歩き回り、迷子にならないようにと娘の肩掛け鞄から手を離せなかった。鉄道を使ってカンタベリーまで移動したときには、乗り継ぎに失敗して一時間以上、名もない駅のホームで列車待ちをした。変わりやすいロンドンのお天気が急にあられ混じりの雨を運んできて、さすが気丈夫な母親が泣きそうな顔になった。

それでもホテルの朝食時、娘に言われてこそっとサンドイッチを作り、テムズ川沿いのベンチや駅の待合で食べるひとときは、めったにできない経験だと面白がっていた。

「ロンドンで過ごした一週間の中で一番気持ちが休まったのは、勉強している韓国語のテープをベッドの中で聞くときだった」と、帰国して韓国語教室の友達に話し、大いに同情されたらしい。

Ｔａｋａちゃんは、と言えば、改めて英語力のなさを実感できたのが大きな成果だった。

再挑戦は二〇一二年五月、満を持してのトライアルだった。

ずっとレッスンを受けているアントニー先生の強い後押しを受けて、すべてのプランを自分で立てた。ロンドンからは少し離れているが、先生の実家にホームステイをしたらどうかというアイデアも出してくれた。

毎週休むことなく通い続けていた英語教室だったが、習う時間が重なっていっても、自分の英語力が単身のイギリス旅行に耐えうるかという不安は拭いきれず、思い返すにつけ初めてのロンドンで、バスだ地下鉄だと動き回った自分の無鉄砲さがいやになるほどわかった。日本語は完全に置いていかなければならないが、先生の家でお世話になれるのは心強かった。

Ｋａｚｕちゃんは、あれよあれよという間に旅行計画を立て始めたＴａｋａちゃんに何一つ注文をつけなかった。前回の旅行からこの間、Ｋａｚｕちゃんの父親をずっと介護してもらったという感謝の気持ちが一番強かった。また、その前年、東日本大震災という二千年に一度の大災害を目の当たりにして、人生に対する捉え方が変わったこともあった。

明日の安全・明日の存在を誰も保障することはできない。

だからやりたいことができたなら行動すればいい、行動するためには準備すればいい。どんなに万全の態勢を整えたとしても不測の事態は起こりうる。何かが起きたら立ち止まって考えよう。やりたいことなら応援する。Ｋａｚｕちゃんのこのスタンスはその後も変わらなかった。

Ｔａｋａちゃんは、旅行者のためのレイルパスとロンドン市内を移動するためのオイスターカードを準備して、単身仁川経由の大韓航空便でヒースロー空港に向かった。十一日間の日程だった。

Ｔａｋａちゃんのホームステイ先はロンドンから一時間くらいの地にあったので、毎朝ランチボックスを用意してもらって、鉄道でロンドンに通うことにした。

第一日目はホームステイ先から一時間くらいのところにあるウィリアム・モリスの家に、アントニーのご両親が運転する車で案内してもらった。

ウオーミングアップをすませ、翌日から行動開始。

事前に購入していたチケットをにぎって、チェルシーフラワーショーに行った。

大英博物館に丸一日浸った。

コートルード美術館、ヴィクトリア＆アルバート博物館、テートモダン、ロンドン塔、そして科学博物館、コヴェントガーデン、リバティー。行ってみたかった場所はあちこちに点在していたが、Ｔａｋａちゃん、地下鉄を利用して行きたい場所に行くことができるようになった。

それから、鉄道を使って湖水地方に足を延ばした。二泊三日の単独行だ。乗り換え駅を間違えないように、事前に停車駅を印刷して、列車が止まるたびに駅名をチェックした。やはり迷子になるのは怖かった。

湖水地方はピーターラビットの生まれ故郷。ビアトリクス・ポターが私財を投じて守ろうとしたピーターラビットの里を歩きたかった。湖近くのホテルを予約し、現地の一日バスツアーに参加したが、インターネットで予約する試みも初めてだったし、予約したホテルに、本当に自分一人でたどり着くことができるのかどうかも不安だった。不安の数を数えたらいくら指があっても足りないけれど、その先に広がる景色への期待のほうが優っていた。

現地で参加したバスツアーに日本人はいなかった。ガイドの案内はもちろん英語。バスがまるでジェットコースターのように、坂道を下るときには歓声が、運転手兼ガイドと乗客の掛け合いが盛り上がれば笑い声が車内にあふれていた。Ｔａｋａちゃんもその空気に必死でへばりつこうとしたが、まるで衛星通信の会話のようにＴａｋａちゃんの反応はみんなと二秒くらいずれていた。

親切な運転手さんは見学ポイントで下車するたびに、待ち合わせ場所と待ち合わせ時間をＴａｋａちゃんに念押ししてくれた。丁々発止の楽しいやりとりの内容は二〇％も理解できなかったけれど、ポターが守ろうとした湖水地方の美しさは心ゆくまで堪能することができた。無謀とも大胆とも表現できる試みだったが、一歩踏み出すたびに世界は広がった。

旅を終え日本に戻ってきた翌日、アントニー先生にお礼の電話をした。先生のお母さんからの言伝もあったが、気がつけば二十分近くしゃべっていた。これまで、電話連絡は受けるのもかけるのも苦手だった。それなのに何も意識せず、思うままに会話を楽しんでいる。英語の中にいたら英語の回路ってできるんだなあと驚いた。

二〇一八年四月、Ｋａｚｕちゃんのリクエストに応えて、四度目のイギリス行きを計画した。一番の目的はリバプールに行くことだった。アビーロードのあの有名な横断歩道を歩いて、その姿を写真に残すのがＫａｚｕちゃんのささやかな夢だったのだ。

この頃になると、インターネットが使える環境ならどこにいても仕事ができるようになり、Ｋａｚｕちゃんを縛っていた緊急時の対応も可能になっていた。毎朝メールをチェックし、必要があれば指示を出すことで、海外にいても日常業務に参加できるようになったのだ。

二人はファリンドン駅の近くに二週間アパートを借りた。このアパートを拠点にして、前回同様レイルパスとオイスターカードを使って動く旅のプランを作った。三泊四日のスコットランド行きを組み込んで民宿（B&B）を予約した。

四度目の正直ともなれば、「地図」と「目の前の景色」と「地下鉄の路線図」がうまく噛み合ってくる。さらにKazuちゃんには、空間を俯瞰的に眺めたり同じ尺度で縮尺したりできる能力があった。Googleマップも使いこなせた。

初めてのロンドンでも、Takaちゃんのようなパニックはないだろうと五日目に別行動。Kazuちゃんとは「テートモダン」で別れ、Takaちゃんは「バラマーケット」で食材を買ってアパートに戻った。

しばらくして、すっかりやつれはてて、ボロ雑巾のようになったKazuちゃんがヨタヨタと帰ってきた。聞けば、いったん「テートモダン」から外に出たところで、館内にスマートフォンを忘れたことに気づき、戻って探し出すのに百年分のエネルギーを使ったと答えた。それでも手にはスマートフォンがしっかり握られていた。

二人で動けば心強い旅になるはずだったけれど、部屋のWi－Fiが使えなくなったとか、スコットランドから帰ってきた夜、アパート入り口のカードキーが利かなくて、気温一〇度以下の暗い街で途方に暮れたとか、頭を抱えてあたふたする場面は、今思い出しても絶望感ばかりが思い出される笑い話だ。

Ｔａｋａちゃん、三度のイギリス旅行でも絶望感に打ちのめされそうになった場面はいくつもあったけれど、同じ絶望感を共有できるのが二人旅の醍醐味だ。

その後、映画「ボヘミアン・ラプソディ」を見て、Ｔａｋａちゃんはフレディ・マーキュリーに夢中になった。七十年近い人生で初めてロックを聴いた。毎日毎日ロックを聴き、クイーンのＤＶＤを買って、Ｋａｚｕちゃんが仕事に出ている間ずっとライブ映像を流し続けた。

そして思った。

レマン湖のほとりに立っている、フレディ・マーキュリーの銅像の前で「Love Of My Life」を歌いたい。Ｋａｚｕちゃんに持ちかけたら「俺はクイーンには興味ないけど、レマン湖はいいね」と話はまとまった。さっそく半年後の航空券を予約し、予約できた日程に合わせて、条件に叶うモントルーのアパートを探し出して予約を入れた。その時期に催されているイベントをチェックし、毎日二人で盛り上がっていたところに、パンデミックが起きた。

エピローグ

Ｋａｚｕちゃんの娘三人、Ｔａｋａちゃんの一人息子は皆人生の伴侶に出会い、それぞれの家族の物語を紡いでいる。

ＫａｚｕちゃんとＴａｋａちゃんは三年前、それまで暮らした庭のある家を売却して、駅と病院とお店が徒歩圏内になる地に居を移した。Ｔａｋａちゃんにとってはガーデニングという楽しみに区切りを打つことだけが心残りだったが、今はベランダの一画にプランターを置いてバラを育てている。

六十五歳になったら会社を辞めて、思う存分本を読み、映画を見て、ローリングストーンズやプリンスをガンガン聴くんだと言い続けていたＫａｚｕちゃんだったが、仕事を辞めた友人たちから「お前には定年がなくていいなあ」と言われるうちに、どうも仕事を続ける気になったらしい。毎日ローリングストーンズを聞かされるようになったらどうしようと怯えていたTakaちゃんだったので、今は「仕事継続路線」を心から歓迎し全身全霊で応援している。

Kazuちゃんは、会社の構造改革を実行中だ。ずっと「トップダウン」で作っていた仕事の流れを「ボトムアップ」に変え、経理業務を長年お世話になっている税理士事務所を通して外部委託にした。会社業務の透明化を図り、誰でも会社の運営ができるような仕組みにしようとしている。子どもの誰かに会社を継いでほしいという願いを持った時期も確かにあったが、子どもたちがそれぞれの選択で自分の人生を歩んでいる姿を見て「俺の会社だから」という考え方から卒業することができた。

Kazuちゃんの娘はTakaちゃんのことを「Takaさん」と名前で呼ぶ。Takaちゃんの息子はKazuちゃんのことを「オヤジさん」と呼ぶ。娘の結婚式にはTakaちゃんは出席しなかった。息子の結婚式にはKazuちゃんが父親として参列し、娘たちもそれぞれの伴侶と一緒に出席した。Kazuちゃんが親族を代表して挨拶をしたが、名字の異なる父親に異議を挟む人は誰もいなかった。

誰かの誕生月には集まって好き勝手なおしゃべりをし、「じゃまたね」とそれぞれの寝ぐらに戻っていく恒例行事は、コロナの影響を受けて開いたり開けなかったりだ。

二十五年の時を経て、こんな形のファミリーになった。

二十五年前、どちらかの名字を変えるという選択ができなくて、婚姻届を出さなかった。なんと大胆なことをしたものだと思うが、そのときのことを思い出せば自信も確固たる信念もあるわけでなく、消去法の結果だった。

そして今、決して悪くない選択だったなあと思えることに、ふっと安堵する。

Kazuちゃんと Takaちゃんは独立会計だ。住居、光熱、税金などはKazuちゃんの口座、食費はTakaちゃんの口座から支払っている。衣類は自分で選び、旅行などの不定期な費用は折半している。

このようにしている一つの理由は、民法上の夫婦ではないため、クレジットカードやキャッシュカードの家族カードが作れないという現実があったからだ。ただ、二人が経済的基盤を持っているという前提は存在している。

経済的に各々が独立している結果として、経済的な理由では行動を制約されない。お互いの裁量に任されているだけだ。子どもたちが独立して以降、Ｔａｋａちゃんが大胆に動き回ることのできた理由のひとつがここにある。

二人の暮らしにとって、経済的に自立できたことが一つの車輪とすれば、もう一つの車輪は「まず、お互いの生き方を尊重する姿勢」だった。「伝統」や「法律」からはみ出した二人の唯一の絆は、そこにあった。

Ｋａｚｕちゃんと Ｔａｋａちゃんはまだ婚姻届を出していない。

確かに改姓の手続きが面倒だなあという理由があった。法人登記、銀行、パスポート、運転免許証、病院、クレジットカード、保険、年金、エトセトラ、エトセトラ。名前の変更手続きを想像しただけでうんざりした。法律は明治時代のまま、どちらかが改姓することを要求しているが、若い世代を中心に世間の意識も変わり始めており、もう少し待てば法律が変わるだろうと期待して一日延ばしにしていたというのが正直なところだ。

法律婚をしないということは、経済面で法律に保護されないということだ。二人が築いた財産であっても相続ができず、名義を移せば贈与税というお金を国に納めなければならない。また、どちらかが命の瀬戸際にあっても、法律に従わなかったということで、看取る資格がないと排除される可能性がある。

一時、最高裁判所の出した判決にガッカリして、もう婚姻届を出そうかという話が二人の間で出たこともある。けれどどう考えても明治時代の法律を「伝統」と強弁するのは無理がある。改姓を「強制する」から「選択する」に変更することが、どうして問題なのかわからない。二人ともわからないことを我慢して呑み込むことが苦手なのだ。

七十歳を超えて韓国語の勉強を始めたＴａｋａちゃんの母親は、勉強することが楽しいとよく口にする。母親の青春には選択する生き方はなかった。学びたいものを見つけること、気に入ったデザインの服を着ること、食べたいものを腹一杯食べること、そんなことも選択肢から外された。

「本当は勉強したかった」とか「本当は洋服を作って着たかった」と遠い昔の話を今でも繰り返す母親を見ていると、選択することを制限したり禁止したりする社会の歪《いびつ》さがわかる。社会から選択肢が排除され、内心では窮屈さを感じながら「しょうがない」と受け入れて自分を押し殺していく先は、生きるという選択肢さえ脅かされてしまう状況につながるとＴａｋａちゃんは考える。

母親は広島市内のお寺の娘として生まれた。そして十三歳の夏、投下された原爆の強烈な光と爆風を爆心地から八キロメートル離れた本堂の仏壇の前で経験した。

そんな母親の人生を知るにつけ、人生の豊かさとは選択肢の多さではないかとTakaちゃんは思うのだ。どんなに切羽詰まっても選択肢が見つかればもう一歩先に進んでいくことができる。Kazuちゃんも Takaちゃんも自分が選択した道を歩みたい。

「法律が変わったとき、イの一番に届けを出すほうがかっこいいじゃない?」というTakaちゃんの言葉にKazuちゃんも同意して「改姓」を強制される間は婚姻届を出さないことにした。ただ、万が一に備えて二人それぞれ遺言書を作り、法務局に持って行った。

コロナがどうやら出口に向かい始めた今、Kazuちゃんは、脂肪に占拠された腹を引っ込めようとスイミングに通い始めた。

Takaちゃんは、週一回の英語レッスンをリモートにして続けている。

何気ない日常が淡々と繰り返されるこの一瞬も、二人の歴史だと思えば愛おしい。

END

あとがき

広島で有機農業を営んでいる、四十年来の友人夫婦がいます。

彼らは、それぞれ、東京の物質的にはとても恵まれた家庭で育ちました。東京の大学に進み学んでいく中で、環境問題に関心を持ったふたりは、その頃設立されたばかりの「有機農業研究会」の会員になりました。

そして出会いました。

東京から三原に移り住み、手探りで始めた有機農業でしたが、そのプロセスは平坦ではありませんでした。その背景には、官民挙げての執拗な批判の嵐があったからです。

一九八八年、農水省農業綜合研究所が発行した「農業綜合研究」という研究紀要に、有機農業の背景を分析した論文があり、以下その一部を引用します。

有機農業研究会に対して「有効性及び安全性が〈科学的〉に立証されている農薬や化学肥料を有害と決めつけ、その使用を否定するのは非科学的である」とか「多労小収量の堆肥農法を今日において主張するのは、時の流れに逆らうアナクロニズムである」とか、さまざまな批判が噴出した。農林水産省、農協、農民、そして経営・経済を含む農学研究者の殆ど全てが、有機農業を批判し、あるいは黙殺する側に回った。ことに農薬や化学肥料の有用性を説く〈専門家〉から有機農業に加えられた批判は熾烈であった。有機農業を実践する者はー中略ー集落からはもちろん家族からさえ奇人変人の扱いを受けた。

足立恭一郎 ―「産消提携」による農の自立―より

友人夫婦も「無農薬で農業してもろうたら、病気や虫がぎょうさん出てきて、ワシらの畑も荒らされる。そがいなこと、やめてくださらんかのう」陰や日向で何度も聞かされました。「夢を食べて生きていける若さがあったからやれたよねぇ」と友人は笑います。

変化を求めればそれを拒む動きが生まれ、そのせめぎ合いは「通過儀礼」として受け入れなければならないのでしょうか。

「選択的夫婦別姓」導入を求める動きも、まさにそのせめぎ合いが延々と繰り返されてきました。一九九六年、法制審議会は「明治民法」の改正を念頭に民法改正要項を法務大臣に答申しました。しかし、戦後廃止された「家」制度を是とし、これを日本の伝統的家庭観と主張する保守系議員の猛烈な反対で、四半世紀以上の時が過ぎても民法改正は遅々として進んでいません。

特に「夫婦別姓」の選択を認めれば社会がひっくり返ると恐れる人たちは、「多くの社会活動の場で旧姓使用を認める」とか「公的文書にも旧姓併記を可能にする」などというとんでもない愚策を考え出しました。

今多くのトラブルが噴出して右往左往している「マイナンバーカード」に旧姓併記などすれば、どれほどの混乱が生じることでしょう。

話を有機農業に戻します。

今日では、グローバルな視点からも、持続可能な取り組みとして「有機農業」の評価は定着してきました。その動きを作ったのは、友人夫婦も含め有機農業を実践してきた人たちが一つ一つ積み上げてきた結果の集積だと言えるでしょう。

事実の積み重ねと検証は「選択的夫婦別姓」をめぐる動きでも必要だろうと思います。

私たちが営んできた暮らしは「夫婦別姓」を選択したことで家族関係を壊すことはありませんでしたし、「夫婦別姓」を選択しなければ今日の暮らしを作り出すことはできなかったと思います。

私たちのケースでは、「夫婦別姓」の選択が結婚の必要十分条件でした。

法律は、本来人の幸せを守るために機能すると思いたいのですが、現行の婚姻をめぐる法律は、「財産」や「看取り」を盾にして脅しをかけているように私は感じています。

高齢化が進んだ現代社会では、結婚の形態にも大きな変化が生まれています。こうした変化に対応できるように「選択肢」を増やしてほしいというのが、この小さな小さな私たちの物語を綴った理由です。

二〇二三年六月

城　貴子

著者プロフィール

城 貴子（しろ たかこ）

1951年生
福岡県出身
広島大学教育学部卒業
広島及び福岡で通算20年小学校勤務
生命保険外交員２年半
2006年～計測ソフトラボ（株）代表取締役

私たち、「夫婦別姓」を選択しました

2024年１月15日　初版第１刷発行

著　者　城 貴子
発行者　瓜谷 綱延
発行所　株式会社文芸社
〒160-0022　東京都新宿区新宿１－10－１
電話　03-5369-3060（代表）
03-5369-2299（販売）

印刷所　図書印刷株式会社

ISBN978-4-286-24787-8